괜찮아
해피엔딩이야

괜찮아 해피엔딩이야

초판 1쇄 펴냄 2022년 7월 8일
　　4쇄 펴냄 2023년 4월 28일

지은이 이옥수

펴낸이 고영은 박미숙
펴낸곳 뜨인돌출판(주) | 출판등록 1994.10.11.(제406-251002011000185호)
주소 10881 경기도 파주시 회동길 337-9
홈페이지 www.ddstone.com | 블로그 blog.naver.com/ddstone1994
페이스북 www.facebook.com/ddstone1994 | 인스타그램 @ddstone_books
대표전화 02-337-5252 | 팩스 031-947-5868

ⓒ 2022 이옥수

ISBN 978-89-5807-892-0　03810

VivaVivo 50

괜찮아 해피엔딩이야

이옥수 지음

뜨인돌

작가의 말

"문학은 우리 아닌 다른 사람들이나 우리의 문제 아닌 다른 문제들을 위해서 눈물을 흘릴 줄 아는 능력을 길러 주고, 발휘하도록 해 줄 수 있습니다. 우리 아닌 다른 사람이나 우리의 문제 아닌 다른 문제에 감응할 능력이 없다면, 도대체 인간이란 어떤 존재이겠습니까?"

— 수전 손택, 『타인의 고통』 중에서

작가는 집필에 들어가면 주인공이 되어 울고 웃는다.

주인공이 슬프면 자꾸만 눈물이 차오르고, 주인공이 기쁘면 실실 웃게 된다. 주인공은 작가의 감정을 통제하며 쥐락펴락한다.

이런 경험에 더하여 이번 작품을 쓸 때, 신기한 일이 있었다.

작품이 풀리지 않던 어느 날, 기도하다가 잠이 들었는데 꿈속에서 주인공이 소리치고 있었다.

"좀, 도와 달라고!"

날벼락 같은 소리에 깜짝 놀라 일어났다.

잠결에 멍하니 앉아 내 입으로 외쳤던 그 말을 생각했다.

기도의 응답이라는 생각이 들었고 재빨리 노트북을 켰다. 하아, 딱 맞다. 실마리가 풀리지 않아서 끙끙대던 곳이 퍼즐 조각을 맞추듯 딱 맞아떨어졌다. 그 새벽, 그렇게 이야기의 매듭이 풀렸고 한 끝에 이어 갈 수 있었다.

예기치 않았던 코로나 팬데믹 시대를 지나고 있다.

눈에 보이지 않는 작은 세균이 전 세계를 뒤흔들었다. 평화로운 일상이 무너지고 사랑하는 부모 형제를 잃고 통곡하게 만들었다. 경제적인 어려움도 컸다. 특히 소상공인 자영업자들의 고통은 이루 말할 수 없을 정도였다.

"우리 엄마 아빠는 공무원이 되든 회사에서 월급을 받든 하지, 왜 장사를 해서 우리를 이렇게 힘들게 하는지 모르겠어요."

"아빠가 돈 없다고 학원 그만두래요."

"우리 아빠 장사 때려 치우고 배달 알바 다녀요."

"왜, 우리 집만…"

6

"왜 나만…."

현장에서 마스크를 쓰고 만난 청소년 친구들이 볼멘소리를 했다. 나는 그들을 어떻게 위로해야 할지 몰랐고, 가슴이 먹먹해졌다.

"왜 우리 집만, 왜 나만…."

소상공인 자영업자 부모님들과 자녀들의 힘듦을 어떻게 말로 다 표현할 수 있을까? 우리나라 소상공인 자영업자의 가족은 수천만 이다. 이들은 우리의 고마운 이웃이고 친구다. 백신 방역도 필요하지만 마음의 백신이 중요한 때다. 진심 어린 따뜻한 말 한마디, 서로 돕고자 하는 작은 마음이 친구들에게 소중한 마음의 백신이 되지 않을까, 하는 생각으로 이 작품을 썼다. 더 이상 전염병으로 고통당하는 일이 없기를 간절히 기도하면서.

기쁘게 책을 만들어 주신 뜨인돌출판사와 김현정 편집자님께 감사드린다.

목련이 벙글던 날,
연희문학창작촌에서 이옥수

7

"서어엉 기, 왕."

"죽는다!"

"왜, 킹 좋잖아?"

나는 태민이에게 가운뎃손가락을 들어 보이고는 가방을 챙겨 교실을 나왔다. 이름만 부르면 '기완', 괜찮은데 성까지 붙여서 마지막 발음을 살짝 뭉개면 '성기 왕'. 난감할 때가 한두 번이 아니다. 여자애들 앞에서 그렇게 부를 땐 더더욱. 어떻게 한 인생의 이름을 앞뒤 맞춰 볼 생각도 안 하고 막 지었는지 모르겠다. 개명이라도 확 해 버리고 싶지만 땅 부자 할아버지가 지은 이름이라서 절대, 절대 안 된단다. 훗날 유산 상속을 위해, 작명가의 기분을 상하게 하면 안 된다는 게 아빠의 지론이다.

"야, 오늘 너희 가게 가도 돼?"

"안 돼."

"지난번에 너희 아빠가 와도 된다고 했잖아. 한 시간만, 응?"

"그럼 청소 콜?"

"콜."

기말고사도 끝났고 진도도 다 빼서 영화 보다가 급식만 먹고 하교하기 때문에 아직 한 시 반밖에 안 됐다. 학교 밖으로 나오니 진눈깨비가 내린 통에 도로가 질척했다. 태민이가 버스비 아깝다고 걸어가자고 했지만 나는 귀찮다고 한 정류장 거리인 가게까지 버스를 타자고 했다.

"와우, 역시 금수저. 돈을 아주 길바닥에 뿌리고 다니는구나?"

아무것도 모르는 녀석, 아빠가 가게를 두 개 하면 금수저냐? 하긴 나도 어릴 땐 슈퍼나 문방구 집 애들이 부럽긴 했다. 태민이 녀석은 버스에서 내려 가게로 걸어가며 휘파람을 길게 불었다.

"예에, 레츠 고, 더 썬!"

"미친."

녀석은 요즘 랩에 빠져 있다. 노래방에만 오면 래퍼 발동기를 달고 달린다. 내가 보기엔 그저 그런데 본인은 엄청난 래퍼처럼 핏대를 올리고 다섯 손가락을 아래로 찔러 대며 폼을 잡는다.

"아빠, 저 태민이랑 노래방 가요."

"어, 그래라, 청소도 좀 해 놓고. 참, 어제 그 할배가 쬐매 어질러 놓고 갔을 텐데. 다른 룸은 내가 대충 치웠는데 1번 룸만."

"쬐매"가 아니었다. 가게에 들어서자 시큼하고 비릿한 냄새가 훅 달려들었다. 아빠가 말한 할배, 그 진상의 짓이 분명했다. 겉으론 멀쩡한 할아버지인데 올 때마다 사람들을 몰고 와서는 난장판을 만들어 놓고 간다. 노래방이 횟집인 줄 아는지 큰 접시에 회를 떠 와서 벌여 놓고 먹는다. 진상의 애창곡은 송창식의 〈고래사냥〉. 고래고래 소리를 지르며 거친 목소리로 몇십 번 고래를 잡다가, 거무튀튀한 입술을 벌리고 초고추장을 뚝뚝 흘리며 날고기를 게걸스럽게 욱여넣는다. 노래방에 들어설 때 이미 술에 절어 있기에 말려도 소용없다. 아니 말리면 더 어깃장을 놓고 행패를 부렸다.

"윽, 냄새! 뭐야?"

뒤따라 들어오던 태민이가 코를 싸쥐며 미간을 찌푸렸다.

"아, 씨. 좀 모아 놓고라도 가지."

나는 얼른 1번 룸 문을 열고 환풍기를 틀었다. 탁자와 바닥에 시커멓게 말라붙은 깻잎, 생고추, 마늘, 생선 살점과 탁자에 처발라진 초고추장이 코와 눈을 때리는 듯했다.

"미쳐 버리겠네."

"싫으면 가."

"무슨 말을 그렇게 섭섭하게 하나 친구. 더 썬 투어는 하고 가야지."

한결같은 집념이 가상하다. 녀석은 휴지를 돌돌 말아 콧구멍을 틀어막더니 빗자루를 들고 바닥을 쓸기 시작했다. 나는 휴지로 탁자를 대충 닦아 낸 후, 물걸레를 빨아서 다시 닦았다.

"야, 성기완. 찐 알반데? 와, 걸레질하는 폼 봐라. 성실한 체험의 현장은 인증 샷으로 남기는 게 예의지."

녀석이 핸드폰을 꺼내 사진을 찍어 댔다.

"야, 나도 한 장 찍어 줘 봐. 성실한 이 형아의 모습."

녀석이 가방에서 더 썬의 굿즈인 두건을 꺼내 쓰며 깨방정을 떨었다.

"근데 성기완, 냄새 때문에 진심 토 나올 것 같다. 우리 죠스데이라도 땡길래?"

녀석의 갑작스런 제안에 잠깐 당황했지만, 나도 속이 메슥거려서 고개를 끄덕였다.

"그럼 형아가 갔다 올게."

녀석은 빗자루를 던지더니 냉큼 뛰어나갔다. 나는 그사이에 창고에 있는 음료수를 가져다가 냉장고에 싹 채워 놓고 마이크와 리모컨도 닦아 놓았다. 각 룸을 둘러보며 정리가 잘 되었는지 확인하고 나오는데 녀석이 봉지 하나를 들고 왔다.

태민이는 카운터 밑에서 아빠가 숨겨 놓은 반병쯤 되는 소주를 찾아냈다. 녀석은 봉지에서 죠스바를 꺼내 컵에 넣고 그 위에 소주

와 사이다를 살살 부었다. 붉은색 칵테일이 완벽하게 만들어졌다. 일명 죠스데이, 녀석이 환한 얼굴로 건배사를 외쳤다.

"자, 더 썬을 위하여!"

나는 더 썬한테 1도 관심이 없지만 녀석이 귀여워서 맞장구를 쳐 줬다.

"자, 이제부터 더 썬 투어로 오지게 출바알!"

언제 챙겨 왔는지 굿즈 티를 꺼내 입고 가수의 이름이 새겨진 붉은 팔찌까지 찼다. 한심한 중딩 친구의 유치함에 나는 쿡쿡 웃었고, 녀석은 큼큼거리며 잔뜩 폼을 잡더니 랩을 내뱉기 시작했다.

헤이, 세이,
살아가는 이유 따윈 버려
지저분한 욕심도 버려
움켜쥔 욕망, 혼자만의 특권도 버려
우린 프리야, 가볍게 날아, 깃털에 사랑만 남기고, 버려 콜록콜록 콜록….

녀석은 처음부터 무리하게 고음을 내뿜더니 연신 기침을 쏟아 냈다.

"새끼, 오줌 싸겠다!"

13

"안 되겠다. 남자 키에서도 한 키 더 낮춰 주라. 이번에는 〈네버 세이 점핑〉."

곡이 바뀌어도 불량하게 꼬이는 허로는 역부족이다.

"야, 네 라이브야말로 네버다. 차라리 금붕어가 너보다 낫지 않겠냐? 뻐끔뻐끔."

녀석은 내 조롱에 주먹을 들어 보이더니 어깨를 흐느적거리며 속사포처럼 랩을 해 댔다. 그렇게 한참 깨방정을 떨다가 힘이 빠지자, 다리를 배배 꼬고 앉아서 두 손으로 마이크를 잡고 그럴듯한 표정과 입 모양으로 립싱크를 했다. 정말 혼자서도 자알 논다.

"야, 우리 오늘 학원 째고 계속 놀까?"

갑작스런 녀석의 제안에 나는 뒤통수를 한 대 먹이며 비웃어 주었다. 녀석은 이래서 탈이다. 이런 즉흥적이고 돌발적인 행동 때문에 자기 엄마한테 엄청 야단맞고, 멋모르고 선동에 넘어갔던 나도 몇 번이나 혼난 적이 있다.

"퍽이나 너님이 학원을 째겠다. 엄마한테 죽으려고?"

"괜찮아. 지연이도 불러서 같이 홍대 나가자, 응? 성기이이, 왕~~."

"뭐야, 징그럽게."

녀석이 백허그를 하며 졸라 댔다.

"야, 이번 한 번만. 이제 고딩 되면 놀지도 못하잖아."

"싫다고."

둘이 실랑이를 하고 있는데 마침 손님이 들어왔다. 녀석을 떼 놓고 재빨리 밖으로 나와서 아빠한테 전화를 했다.

"아빠, 손님."

"몇 팀?"

"한 팀, 애들 다섯."

"네가 알아서 해."

아빠의 시큰둥한 반응은 단골이 아니라는 뜻이다. 아빠는 단골 관리가 철저해서 단골이라면 아무리 바빠도 바람처럼 달려와 눈도장을 찍는다. 2번 룸으로 애들을 안내했다. 사복을 입었어도 딱 보니, 중딩들이다. 어쨌든 고객이다. 고객은 최고의 서비스로 맞아야 한다, 는 아빠의 사업 철칙에 따라 깍듯하게 존댓말을 했다.

"몇 분이세요?"

"다섯 명. 우리 두 시간 놀 텐데 서비스 많이 주세요."

손님들을 들여보내고 1번 룸으로 가니 태민이 녀석이 래퍼에 빙의된 채 꺽꺽대고 있었다. 손님들 올까 봐 문을 조금 열어 놓고 있는데 2번 룸 문틈으로 담배 연기가 새어 나왔다. 하, 겁대가리 없이 진짜. 밖으로 나가 보니 오소리굴이 따로 없다. 태민이가 캑캑대며 손가락으로 가리켰다.

"야, 가서 뭐라고 좀 해."

"안 돼, 손님은 왕이야."

15

"왕이고 뭐고, 미성년자들 흡연 덮어 주는 거 명백한 불법이다 너."

"됐어. 어쨌든 학원 째고 놀기는 틀렸다. 나, 가게 봐야 해. 너도 이제 가. 학원 늦겠다."

"성기완, 너 정말 애들 담배 피는 거 덮어 주면 안 돼. 이건 방치, 아, 아니 장소 제공에 불법 동조야, 동조."

"됐다고, 새끼야."

"아무튼, 난 간다. 근데 넌 여기 계속 있을 거야?"

태민이 티셔츠와 팔찌를 벗어서 가방에 넣었다.

"몰라, 학원은 못 갈듯. 알바 형 올 때까지는 있어야지. 아빠가 오면 가도 되는데."

"진심 부럽다. 노래방과 피시방. 야, 넌 아들이니까 알바비도 많이 받겠다."

"뭔 소리야. 울 아빠 갑질에 짜증 나 미치겠는데."

"그럼 신고해 버려."

"신고?"

"그래 인마, 부모도 미성년자한테 일 시키면 걸리는 거야."

"어떻게 아빠를?"

"내가 대신 해 줄까?"

"뭘?"

"신고…. 인터넷 찾아보면 바로 나올걸?"

"그게 가능하냐? 아빠를 어떻게…."

"내가 신고할게, 히히. 나 간다."

태민이 건들거리며 나갔다. 중딩들의 떼창 소리에 귀가 먹먹해서 대충 손만 흔들어 주었다. 학교가 일찍 끝나도 내 열여섯 인생은 지하에서 고객 놈들의 떼창이나 듣고 있어야 한다. 그래, 새끼들아 너희들이 부르는 노랫말처럼, 네가 불러 주지 않아도 난 괜찮으니까 악 좀 그만 쓰고 빨리 꺼져 주라. 담배 좀 그만 피고, 제발!

지연이 손을 잡고 달렸다. 어떡해, 지각이다. 지연이는 옆에서 징징대고 나는 헉헉대며 달린다. 아무리 달려도 학교는 보이지 않는다. 무채색 거리가 뱅글뱅글 돌아가고, 눈을 들어 보면 나는 계속 같은 자리에서 헉헉댄다. 그때 갑자기 서늘한 기운이 느껴졌다. 그리고 귓가를 파고드는 낭랑한 목소리.

"아들, 아들. 아빠 전화."

"으~~."

꿈과 현실의 경계에서 미처 빠져나오기도 전에, 마르고 갈라진 목소리가 핸드폰을 타고 맥없이 풀어졌다.

"기완아, 십 분 내로 튀어 와라. 아빠 졸려 죽겠다."

아, 짜증. 지연이의 부드러운 손바닥 감촉이 아직…. 눈을 비비며 억지로 눈꺼풀을 밀어 올렸다. 열리는 동공만큼 서서히 엄마 얼굴이 보인다. 이래서 문단속은 꼭 해야 하는 거다. 어젯밤에 문을 잠 갔으면 엄마가 무단침방하여 내 귀에 핸드폰을 갖다 대는 일은 없었을 텐데. 거칠게 이불을 뒤집어쓰고 돌아누웠다.

"아들, 뒷감당이 될까?"

엄마의 비꼬는 한마디가 더 짜증스럽다.

"아, 씨. 몰라."

"성기완, 어쨌든 난 깨웠다. 나중에 딴소리 없기다. 녹음했으니까."

하여튼, 이 부부는 하나밖에 없는 아들 부리는 덴 손발이 척척이 다. 아, 정말 미치겠네. 이대로 버티면 반드시 후환이 따를 거고, 일어나자니 엔딩 되지 않은 꿈속의 스토리가 무지 궁금하다. 주먹으로 애꿎은 이불만 퍽퍽 치다가 결국 일어났다.

찬바람을 고스란히 맞으며 피시방에 들어서니 카운터 옆 소파에서 아빠가 달팽이처럼 몸을 오그리고 잠들어 있다. 눈곱도 못 떼고 왔는데 그새를 못 참고 코까지 골고 있다니. 손님한테 눈치가 보여서 집에 들여보낼까, 하다가 그만두었다. 가게를 둘러보니 이른 아침부터 찌든 인생 둘이, 게임 중이다. 카운터 옆 싱크대에는 설거지거리가 산더미고. 아, 진짜 설거지라도 좀 해 놓지.

고무장갑을 끼고 수세미에 물비누를 묻혀서 쓱쓱 그릇을 닦았다. 이런 일쯤이야 이젠 껌이지만 내가 뭐, 땜빵 전문도 아니고 알바가

19

쩔 때마다 긴급호출이니 정말 짜증 난다. 일을 시키려면 짬이라도 좀 줘야지 매번 당장, 지금, 즉각 튀어오라, 는 명령이다. 아무리 생각해도 이것은 인권을 무시한 비인간적이고 무자비한 부(父)의 갑질이다.

"이, 씨!"

생각할수록 화딱지가 나서 나도 모르게 거품 묻은 수세미를 싱크대에 퍽 던졌다. 오늘 같은 토요일이면 한 주간의 학습노동에서 해방되어 학생이 아닌 인간으로서 안식을 만끽해야 하거늘 알바 땜빵질이라니! 창가로 쏟아지는 햇살을 받으며 느긋하게 늦잠을 자고 침대에서 뒹굴며 게임도 하고 지연이랑 영화도 보면서 릴렉스라는 걸 해 보고 싶다. 그런데 아침부터 가게 돌아가는 꼴을 보니 자칫하면 저녁까지 붙잡혀 있어야 할지도 모르겠다. 언제까지 아빠 손아귀에서 헤어나지 못하고 원격 조종 인간으로 살아야 하는 건지. 결국 참지 못하고 고무장갑도 벗어 던졌다.

"아, 씨. 아침부터 뭐냐고!"

빽 소리를 지르자 모니터에 코를 박고 있던 찌든 인생 둘이 고개를 돌려서 멍청하게 나를 쳐다보더니 인상을 확 구겼다. 아빠도 부스스 눈을 뜨더니 한마디 내지르고 돌아누웠다.

"인마, 조용히 좀 해, 아침부터 시끄럽게 시끼가!"

내가 아무리 노려봐도 저 양심에 털 난 인생은 바위처럼 꿈쩍도 안 한다. 허구 많은 직업 중에 왜 하필 이딴 거냐고. 회장, 사장, 의사, 변호사는 아니어도 아들의 주말 정도는 지켜 주는 그런 직업이면 안 되냐고. 게다가 다른 아빠들은 묵묵히 혼자서 가게만 잘 하던데 왜 저 부친은 자식을 끌어들이느냐고. 가장이면 가장답게 책임을 져야지 툭하면 아들을 불러내느냐고! 속이 부글부글 끓어올랐지만 동서남북 어디서도 반응은 없다. 그래, 까라면 까야지 내가 무슨 힘이 있나, 다시 고무장갑을 집어 들었다. 아무리 투정을 해봐야 램프의 요정 지니가 펑 나타나 소원을 들어줄 것도 아니고, 결근한 알바의 목덜미를 잡아 끌고 올 수도 없는 일. 닦던 냄비나마저 닦자. 하지만 이내 다시 속이 끓어올랐다. 컵라면만 팔자고 했는데 왜 굳이 냄비라면까지 파는 건데. 아니 아무리 변두리 피시방이라고 해도 요즘 이런 아날로그 피시방이 어디 있냐고. 피시카페토랑이 대세가 된 게 언젠데. 요즘 최첨단 피시방에 가면 손님이랑대면할 일 없이 자동결제로 다 되는데. 피시방 인수할 때 바꾸라고 그렇게 말했는데 저 똥고집을 누가 말려. 하긴, 혼자서 가게를 두개씩이나 차린 자체가 도를 넘은 거지.

설거지도 하고 바닥도 닦고 컴퓨터와 탁자도 닦았다. 그사이에 꾀죄죄한 인생 한 명이 쫓기듯 후다닥 나갔고, 비슷한 인생 두 명이들어와서 약속이라도 한 듯 고개를 처박고 두 손으로 머리를 감쌌다. 대충 일을 끝내고 카운터에 앉으려는데 주문이다.

5번, 냄비라면 한 개.

아유, 저 인간을. 방금 손 닦고 앉았는데. 고객님, 당신이 끓여서 드셔, 라는 말을 꾹 밀어 넣었다. 순순히 라면을 끓여서 고이 바치고 나니, 무슨 전염병도 아니고 옆에서 또 주문질이다.

"어이, 나도 한 개!"

아, 씨. 아침부터 무슨 냄비라면이야, 정말!

손님이 다섯으로 늘었고, 라면을 세 번 끓여 바칠 동안에도 바윗덩이는 움직이지 않았다.

아빠 때문에 스트레스 받아서 죽을 것 같아요.

피시방이랑 노래방 하는 울 아빠가 저를 막 부려 먹는데 이거 노동력 착취 아닌가요? 새벽부터 튀어오라고 하더니 지금 저렇게 누워서 자고 있네요. 설거지하고 바닥 청소하고 쓰레기통 비우고…. 제가 뭐 알바생도 아니고 정말 이래도 되는 겁니까? 아무리 부모자식 간이라도 이건 너무한 거 아닌가요?

카운터에 앉아서 지식in에 글을 끼적거려 올렸다. 부모의 일을 돕는 게 자식의 의무라고? 부모라면 당연히 자식을 먹여 주고 공부시켜 줘야지, 치사하게 일하기 싫음 나가라고 협박을 남발한다. 언젠가부터 내 소원은 하루빨리 독립하는 거다. 대학만 가면 얄짤없이 떠날 거다.

"어, 아들. 뭐 하냐?"

아빠가 셔츠 속으로 배를 벅벅 긁는 동시에 입이 찢어져라 하품을 하며 다가왔다. 털 난 배꼽을 드러낸 채 스트레칭을 하더니 정수기에서 물을 받아 벌컥벌컥 마신 후, 내 뒤로 와서 헤드락을 걸었다.

"야, 아들?"

"아, 왜!"

"화났냐?"

"됐고. 이건 노동력 착취야."

"뭐, 노동력 착취? 이 아빠가?"

엄지손가락으로 본인 가슴을 가리킨다.

"허, 이 아들놈 좀 보시게. 노동력 착취? 그럼, 이 아빠가 악덕 기업주? 야, 이거 말 되네."

"말 되지, 그럼."

"야, 잘못하면 노동청에 고발당하겠다, 아들한테."

"그럼 알바비 줘."

"알바비? 음, 줘야지, 고발당하기 전에. 얼마면 돼? 근데 알바비로 뭐 하게?"

"독립."

"독립? 대한독립, 뭐 그런 거?"

"됐고. 설거지 한 번에 3천 원, 바닥 청소 가게당 5천 원, 탁자 개당 5백 원."

"어쭈, 치밀하게 계산까지?"

"싫어? 그럼 이제 절대로 부르지 마."

"좋아, 그럼 나도 밑지는 장사를 할 수는 없지. 숙박비, 학원비, 학비 다 계산 들어간다. 보자, 밥이 한 끼에 최하로 잡아도 2천 원에 숙박이 24시 찜질방으로 쳐도 만 원, 학원비가 한 달에 영수 두 과목에 팔십…."

"아, 됐어. 치사하게."

"치사하긴, 말 나온 김에 확실하게 짚어야지."

"그건 부모의 의무라고 의무."

"의무 좋아하시네. 누가 그걸 의무래?"

"법?"

"뭐, 법? 법, 그거 좋다. 그럼 그 법이 몇 조 몇 항에 있는지 찾아서 보여 주면 아빠가 타당성을 검토한 후에 다시 얘기하자. 그러니까 성기완, 일단 내려가서 노래방 청소 좀 하고 가라."

"뭐?"

어이가 없어서 탁자를 내리치며 반항해 봤지만 밀어붙이는 뱃살에 밀려 결국 계단을 내려왔다. 그냥 딴 길로 샐까? 아니다, 그런다고 포기할 아빠가 아니다. 그냥 아무 생각 없이 해 버리는 게 내가 할 수 있는 최선의, 그리고 유일한 선택이다. 툴툴대며 지하 계단을 터덜터덜 내려가 노래방 문을 열었다.

3

　"아들, 엄마 우쿨렐레 배우러 가니까 밥 차려 먹어용."

　검정 모피 반코트에 붉은 머플러로 멋을 낸 엄마가 악기 가방을 메고 나갔다. 문화센터 가는데 무슨 음악회 가는 차림이다. 무자비한 새벽 호출로 가게를 두 개씩이나 청소하고 온 아들의 아침을 차려 주지는 못할 망정, 문화센터라니. 너무나 해맑게 웃는 모습에서 배신감까지 느껴졌다. 이건 모성애 차원에서도 말이 안 되는 이야기다. 이럴 줄 알았으면 피시방 인생들이 라면 먹을 때 같이 끓여 먹을걸. 밥에다 우유를 잔뜩 부어서 후루룩 먹어 치웠다.

　소파에 벌러덩 누웠는데 내가 왜 사나, 하는 생각이 들었다. 어릴 때, 이가 흔들리면 발치의 공포 때문에 내가 왜 사나, 하는 생각이 들었고, 아침에 졸려 죽겠는데 학교에 가야 할 때, 또 내가 왜 사나, 하는 생각이 들었다. 그리고 이렇게 식구들이 나만 시켜 먹을 때,

내가 왜 사나 하는 생각이 든다. 정말 나는 왜 사나?

드르륵, 핸드폰이 떨린다. 아차, 지연이다. 지금 시각 10시 5분. 10시에 만나기로 했는데 깜빡했다. 후다닥, 정류장까지 뛰었다.

"야, 넌 왜 맨날 늦냐?"

"아, 미치겠어. 알바 땜빵."

"왜, 또?"

"나중에 얘기하고 일단 가자."

버스를 타고 영화관에 도착해 보니 막, 영화가 시작되었다. 요즘 뜨는 영화라서 잔뜩 기대했는데 앉자마자 눈꺼풀이 자석이다.

"아~앗!"

단단하고 오진 주먹이 허벅지로 날아왔다.

"아얏!"

이번에는 꼬집혔다. 허벅지에 불이 났다. 영화가 끝나 갈 무렵에야 정신이 좀 들었다. 영화관을 나와 패스트푸드점에 마주 앉았다.

"미안. 새벽 땜빵 땜에 내가 아주 미친다, 미쳐."

"야, 너희 집 되게 웃긴다. 엄마랑 누나도 있는데 왜 맨날 너한테만 시키냐?"

나도 그게 의문이다. 엄마랑 누나는 전생에 나라를 구했거나 아우내 장터에서 유관순 할머니를 따라 만세라도 외쳤나? 가부장적, 남손여비, 우리 집에서는 1도 안 먹히는 소리다. 엄마와 누나는 왕

27

비, 공주나 다름없다. 그야말로 여존남비, 엄마가 왕이다. 엄마가 몇십만 원짜리 마사지 숍을 끊었다고 해도, 문화센터 친구들과 교외로 나가 고급 레스토랑에서 스테이크를 썰었다고 해도 아빠는 무조건 좋아, 좋아, 잘했어, 하며 입을 헤벌쭉거린다. 누나는 원 플러스 원도 아닌데 엄마 옆에서 덤으로 호사를 누린다. 집에 오면 손가락 하나 까딱 안 하고, 웬만한 건 다 나한테 시킨다.

"사내놈이 여자 손에 구정물 묻히면 모래밭에 혀를 박고 죽어야지. 어떻게 여자를 함부로⋯. 여자들은 그저 건강하고 행복하게 살아 주기만 하면 되는 거야."

열부 나셨다. 여자 보기를 황금처럼, 여자 대하기를 여왕이나 공주처럼, 이것이 아빠 인생 모토다. 양성평등 따윈 개나 줘 버린 지 오래, 아빠사전에 그런 말은 없다.

"야, 성기완. 너 뭐, 출생의 비밀 같은 거 있는 거 아냐? 삶의 절대적인 스크래치 같은 거."

"출생의 비밀? 그런 게 어딨냐. 아름다운산부인과에서 축, 지구별 입성, 발바닥 도장까지 받았는데."

지연이의 은근한 물음에 내가 손을 내젓자 지연이가 고개를 갸웃했다.

"우리 아빠 치사하게, 내가 알바비 달라니까 뭐라는 줄 알아? 먹여 준 값, 재워 준 값, 학원비까지 들먹인다. 진짜 짜증 나."

"와, 아저씨 완전 깬다. 그건 부모의 의무 아냐?"

지연이 재빨리 핸드폰으로 검색을 하더니 소리 내어 읽었다.

"야, 여기 있다. 부모의 의무. 부모는 미성년자인 자녀의 친권자(민법 909조)가 된다. 친권자는 미성년인 자녀가 성년(만 19세)이 될 때까지 자식을 보호하고 교양할 권리의무가 있다(민법 913조)."

"자식을 보호하고 교양할 권리? 뭐 그렇게 두루뭉술하냐? 법이라면 좀 더 정확하고 확실하게 똑떨어져야 하는 거 아냐? 보호하고, 이건 먹이고 입히고 재워 주라는 말 같고, 교양할, 이건 적당히 가르쳐 주라는 말? 아니 만 19세면 대학 입학 때까지만. 그럼, 대학도 내가 벌어서 가야 한다는 말인데…"

내가 한숨을 내쉬자 지연이 내 손등을 가만히 다독였다.

"어쨌든, 부모라면 성년이 될 때까지 자식을 보호하고 교양해야 한다잖아. 이제부터 아빠가 뭐라 하면 이거 보여 줘. 근데 우리 아빠도 장난 아니야. 학원 말고 개인 과외 시켜 달라니까, 돈이 어딨냐고, 학원만으로도 충분하대. 걍, 닥치고 살란다."

"그럼, 너도 이거 들이대. 부모가 보호하고 교양할 의무와 권리."

"됐어. 우리 아빠 절대 안 먹힐걸. 그런데 궁금한 게, 부모의 의무와 권리는 있는데 그럼, 자식의 의무와 권리는 뭐야?"

지연이 눈동자를 굴리다가 검지로 이마를 짚으며 말을 이었다.

"당연히 그런 게 있을 리 없지. 어차피 법이란 게 어른들이 만든 건데 어른들한테 유리하게 만들었겠지. 참, 있긴 있잖아. 교육받을 권리, 그래서 애들 이유 없이 학교 안 보내면 벌금도 내고 경고도 받는다잖아."

"교육받을 권리? 그게 무슨 권리야, 아이들의 의무지."

"맞아, 그건 권리가 아니라 의무라고 해야 맞지. 어른들이 의무를 권리로 슬쩍 바꿔 놓고 막 우기는 거야. 어른들의 꼼수인 거지."

지연이가 똑 부러지게 결론을 내렸다.

"아, 의무만 있고 권리는 없는 우리, 너무 안됐지 않냐? 참, 내가 언제, 인터넷에 올린 글이 있는데… 여기 있다. 올~ 댓글 달렸는데."

— 노동력 착취 맞네요. 고소하세요.

— 님의 마음을 알 것 같습니다. 정말 이러면 대책 없죠. 님 아빠는 그래도 때리지는 않죠? 우리 아빠는 걸핏하면 뒤통수까지 때리면서 야단칩니다. 시장에서 생선 장사를 하는데 새벽시장 갔다 와서 물건 정리할 때, 늦잠 자서 못 나가면 고래고래 소리 지르고 난리도 아닙니다. 며칠 전엔 잠이 덜 깨서 고등어 상자 엎었다고 주먹으로 등짝을 맞았는데 갈비뼈 나가는 줄 알았네요. 진짜 살기 싫다는…

― 아빠를 고소하는 건 아니지 않나요? 이야기 잘해 보세요.

― 또라이들, 아빠가 까라면 까는 거지. 얻어먹고 사는 기생동물 주제에.

"고등어 상자 엎었다고 얻어맞다니, 진짜 대박이다."

"그래도 넌, 그보다는 낫지 않냐?"

지연이가 나를 쳐다보며 말했다. 그래, 세상에 나 같은 인생들이 또 있긴 있구나 하며 살짝 위안이 되었지만 아빠가 생선장수, 노래방, 피시방, 장사 안 하고도 잘 먹고 잘 사는, 학교만 다녀도 힘들다고 교실에서 엎어져 있는 녀석들이 많다는 생각에는 또, 속이 쓰렸다.

"도긴개긴이지 뭐. 생선을 나르든, 바닥을 닦든 불쌍하긴 마찬가지니까."

내가 시무룩하게 말하자 지연이가 내 머리를 쓰다듬으며 장난을 쳤다.

"그랬쩌? 오구오구, 불쌍해라."

"불쌍하니까. 요~오기, 쪽~"

내가 볼을 들이대며 응석을 부리자 지연이가 입모양만으로 쪽, 소리를 내고 볼을 꼬집었다. 지연이는 내 소꿉친구다. 유치원 때 만나

31

서 초등학교도 같이 다녔고, 중학교도 같은 학교에 다니고 있는데 같은 반이 되어도 다른 반이 되어도 늘 친했다. 아이들이 사귄다고 쑥덕거렸지만 별로 상관하지 않았다. 같은 건물에 아빠 가게가 지하 노래방과 2층 피시방이고 지연이 엄마 아빠가 하는 엄마손식당이 1층에 있다. 우리 집은 길 건너편 아파트, 지연이네는 식당 안쪽에 살림집이 붙어 있다. 나는 아빠 가게에 가면 늘 지연이랑 같이 놀았다. 언제부턴지는 모르지만 난, 지연이를 보면 자꾸 응석 부리고 싶고, 손도 잡고 싶고, 뽀뽀도 하고 싶고, 안아 보고도 싶다. 이런 얘기 대놓고 하면 아마 지연이한테 맞아죽을 거다.

"기다려, 언젠가 우리도 어른이 될 테니까. 어른이 되면 덜 불쌍하고 덜 억울하겠지. 앗, 학원 갈 시간 다 됐다!"

지연이가 화들짝 놀라 외쳤다. 결국 우리는 이 좋은 주말에 학습 노동의 의무를 수행하기 위해 열나게 뛰었다. 찬바람 불어오는 시멘트 바닥 위를.

구름 한 점 없는 푸른 하늘에 손톱만 갖다 대어도 쨍, 하고 금이 갈 것처럼 공기가 찼다. 패딩 모자를 쓰고 양손을 주머니에 찔러 넣고 정류장으로 향했다. 오늘 방학 기념 이벤트로 지연이와 종점 투어를 하기로 했기 때문이다. 종점 투어는 버스 타고 종점까지 갔다가 돌아오는 건데, 어릴 때부터 우리 둘이서 하던 놀이다. 정류장에 나가니 저쪽에서 지연이가 검정 롱패딩에 하얀 목도리를 돌돌 감고 뛰어왔다. 지연이는 어쩜 저렇게 동글동글한지, 얼굴도 동글동글, 걸음걸이도 동글동글, 통통 튀는 공같이 귀엽다.

날이 추워서 그런지 거리를 지나는 사람들이 잔뜩 웅크리고 있었다. 하지만 내 날씨는 끝내주게 따뜻했다. 지연이랑 온종일 같이 있을 수 있어서. 우리는 북한산행 버스에 올라 제일 뒷자리에 앉았다. 지연이한테서 좋은 냄새가 났다. 나는 지연이 옆에 바짝 붙어 앉았다. 지연이의 통통하고 뽀얀 손을 잡고 싶어서 손가락이 옴찔옴찔 했지만 야무진 주먹이 날아올까 봐 꾹 참았다. 언젠가 내가 농담처럼 말한 적이 있었다.

"지연아, 우리도 남친, 여친 그런 거 할까?"

"뭐야, 징그럽게. 우린 그냥 친구야, 친구. 한 번만 더 그딴 말 했다가는 손절이다 너."

지연이는 쌩, 눈초리까지 올리고 발끈 화를 냈다. 그날 얼마나 무안했는지 자다 말고 이불킥을 백만 번 했다.

종점이 다가오자 눈앞에 하얗고 거대한 바위가 보였다. 한 번도 올라가 보지 못했지만 저 바위를 보면 어린 시절이 떠오른다. 초등학교 4학년 때, 동물원으로 소풍 갔다가 돌아오는 버스 안에서 깜빡 잠이 들었고 종점에서 깨어났다. 버스에서 내리니 하얗고 큰 바위가 우뚝 솟아 있는 산이 보였다. 전혀 모르는 낯선 곳이었다. 나는 겁이 나서 떨고 있는데 지연이는 침착하게 버스 사이로 다니며 기사님들께 집으로 돌아가는 길을 물었다. 내 손을 땀이 나도록 꼭 잡고.

버스에서 내리니 물 고인 땅이 얼어서 몹시 미끄러웠다. 지연이가 얼음판 위를 조심조심 걸었다.

"잡아."

내가 손을 내밀자 지연이가 서슴없이 내 손을 잡았다. 그래, 어릴 땐 지연이가 내 손을 붙잡고 다녔지만 이제는 내가 지연이의 손을 붙잡고 지켜 줄 거다. 난 여존남비 추종자 울 아빠 아들이니까, 아니, 지연이가 정말 좋으니까. 지연이는 최애 연예인이 광고 모델로 나오는 치킨 집으로 들어갔다. 주문을 해 놓고 그 틈에 난 또 아빠를 고자질, 아니 푸념을 했다.

"아, 어제도 학원 차 내리자마자 튀어오래. 내가 미침. 이제 자식의 권리와 의무에 대해서 자료 조사까지 해 오란다. 아 진짜 짜증나."

"아저씨, 정말 너무한 거 아냐?"

지연이가 맞장구를 쳤다.

"불쌍한 성기완! 자식의 권리와 의무, 언뜻 보면 뭔가 대단한 게 있어 보이지만 사실 자식의 권리는 부모의 것을 내 것처럼 여겨도 되는 것, 자식의 의무는 죽도록 공부해 주는 것. 아니야?"

"맞아, 자식의 의무는 오직 공부, 아니지 공부와 노래방, 피시방 알바 땜빵. 다시 말하면 돈벌이에 의한, 돈벌이를 위한 사람이 되는 거 아냐? 어쨌거나 돈만 많이 벌면 된다는."

"그래, 그게 훌륭한 사람, 효자, 세상에서 가장 인간관계 좋은 자식이 되는 길이지. 효도는 현금과 계좌이체로. 우리 엄마가 늘 하는 소리야. 그니까 너희 아빠가 실습을 강조하는 것도 결국 나중에 아들이 돈 잘 벌어 오게 하기 위한 것이라 볼 수 있지."

"1타 강사냐, 크크. 정말 핵심만 콕콕 찌른다."

내가 손바닥을 내밀자 지연이 하이파이브를 하며 활짝 웃었다. 역시 지연이는 똑똑하다. 지연이랑 맨날 맨날 같이 있고 싶다. 우리 누나랑 완전 비교된다. 우리 누나는 걸핏하면 충고질에, 요즘은 자존심 상해서 물어보지도 않지만 모르는 문제를 좀 물어보면 수업 시간에 자냐, 이건 정말 기초적인 거다, 한심하다, 류의 답변이 돌아온다. 세상 여자들이 다 우리 누나 같으면 정말 살기 싫을 것 같다.

"어쨌든 잘 해 봐라. 내 도움 필요하면 말하고."

지연이 눈을 찡긋했다. 뭘 해도 내 스타일이다. 지구 생물 중에 이런 훌륭한 종이 있다니! 속으로 무한 감탄을 하고 있는데, 주머니에서 핸드폰이 부르르 떨었다.

"호출 아니야?"

지연이가 놀란 눈으로 물었다.

"아니야. 오늘은 안 부른다고 했어. 나도 오늘은 절대로 안 나갈 거라고 했고."

그런데 아빠다. 내가 인상을 푹, 쓰자 지연이가 그럴 줄 알았다는 듯 입을 삐죽 내밀었다.

"맞지? 받아 봐. 급한 일일지도 모르잖아."

나는 고개를 가로저으며 호기롭게 핸드폰을 꺼 버렸다. 하지만 알바생이 또 쨌나, 사고가 터졌나, 마음이 편치 않았다. 겉으론 아닌 척하면서 속으론 불안불안. 지연이가 굳어 있는 내 표정을 보고는 볼에 바람을 볼록하게 넣어서 이쪽저쪽 입술을 돌리다가 콜라 잔을 내밀었다.

"야, 이거 마시고 신경 꺼."

치킨 집에서 나온 우리는 공원 입구를 지나 계곡을 따라 올라갔다. 계곡물이 군데군데 얼어서 하얀 아코디언처럼 주름이 잡혀 있었다. 지연이가 산길 가에 서 있는 갈참나무 둥치를 안고 손으로 쓰다듬으며 말했다.

"나무들은 참 춥겠다. 앙상한 가지만 남아서."

"난, 앙상한 가지로 서 있는 나무가 당당해 보여서 좋은데."

"와, 성기완, 훌륭하다. 참신해."

역시. 지연이는 칭찬할 타이밍도 기막히게 잘 잡아낸다. 이러니 오지연을 좋아하지 않을 수가 없다. 한참 올라가다 보니 큰 바위가 나왔다. 바위에는 벌어진 틈에 돌을 올리고 소원을 빌면 이루어진다, 는 글이 붙어 있었다.

"소원 빌자."

지연이가 작은 돌을 집어서 바위에 올리고 눈을 감았다. 파르스름한 눈꺼풀과 달싹거리는 입술이 예뻤다. 나도 돌을 집어 올리고 눈을 감았다.

'소원을 빕니다. 음… 아빠 호출 안 오게 해 주세요. 우리 아빠 가게 안 하고 멋진 직장에 다니게 해 주세요. 가게를 하더라도 한 개만 해서 대박 나게 해 주세요. 크크, 지연이랑 오래가게 해 주세요. 음, 이게 소원이 될까요. 아무튼, 소원입니다요. 들어주세요.'

내가 킥킥대자 소원을 빌던 지연이가 내 배를 팔꿈치로 쿡쿡 찔렀다. 지연이가 입술을 쏙 내밀며 눈을 흘겼다.

"야, 소원 빌면서 웃으면 어떡해? 무슨 소원 빈 거야?"

"음, 내 소원은… 말해 주면 안 되지. 소원이니까."

내가 짐짓 무게를 잡자, 지연이가 눈을 동그랗게 뜨고 쳐다보았다.

"소원이 없는 건 아니고? 난, 우리 엄빠 가게 잘돼서 빨리 집 사게 해 달라고 빌었어. 너희처럼 가게랑 집 따로, 나도 아파트에서 살고 싶다."

"집이랑 가게가 같이 있으면 좋잖아. 새벽바람 맞으며 가게 안 나가도 되고."

야무진 주먹이 어김없이 뒤통수에 날아왔다.

"이 철없는 친구야. 일터랑 쉼터가 같은 데라고 생각해 봐라. 제대로 쉴 수가 있겠냐?"

그렇구나, 그럴 수도 있겠다. 그럴 줄 알았으면 나도, 지연이네 집 사게 해 주세요, 하고 빌걸.

산을 내려와 종점에서 출발하려는 버스를 탔다. 중간에 홍대 입구에서 내려 아무 계획 없이 쏘다녔다. 지연이가 좋아하는 액세서리 매장에 들러 머리띠도 사고, 게임방에서 게임도 하고, 추위에 발을 동동 구르며 줄을 서서 씨앗 호떡도 사 먹었다. 어느새, 짧은 겨울해가 넘어가고 거리에 불빛이 반짝이기 시작했다. 우리는 홍제천을 따라 천천히 걸었다. 어두워지니 바람이 더 찼다. 내가 손을 내밀자 지연이가 장갑 낀 손을 내밀었다. 나는 지연이 손을 꼭 잡고 걸었다. 저 멀리 옹기종기 산비탈에 붙어 있는 우리 동네 불빛이 오늘따라 더욱 정겨워 보였다. 지연이를 데려다 주고 오는 길에 핸드폰을 켰다.

— 혹시 너냐?
— 노래방, 미성년자 불법고용으로 고발한 게?

아빠한테서 뜬금없는 문자가 와 있었다.
"성기완, 자알한다. 아빠 고발하니 좋아? 일단 튀어왓!"
전화를 했더니 아빠가 한마디 하고 전화를 끊었다. 큰일 났다. 태민이 녀석 짓이다. 급히, 녀석의 집 쪽으로 가면서 전화를 했다. 전화기가 꺼져 있다. 일요일에도 학원 갔나, 아님 과외? 어쩔 수 없이 그냥 돌아섰다. 나쁜 새끼, 똥인지 된장인지 구분도 못 하고, 진짜.

아빠가 집에 오는 내일 새벽까지는 녀석과 어떻게든 통화가 되겠지.
아빠한테 태민이 짓이라고 전화로 알려 주고 집까지 걸어가는데 어
둠처럼 내 마음이 자꾸만 내려앉았다.

5

"성기완, 빨리 나와!"

잠결에 들어도 목소리의 톤이 달랐다. 난 죽었다. 심장이 덜덜 하는 순간, 눈이 동그래진 엄마가 먼저 내 방으로 뛰어들었다.

"아들, 무슨 일이야. 아빠 왜 그래?"

나는 벌떡 일어나 양손으로 머리를 헝클이며 말했다.

"아빠가 뻑 하면 나, 가게 일 시키잖아. 그래도 되는 거야?"

"당연하지. 네가 아빠를 안 도우면 누가 도와? 그리고 그깟 가게 일 좀 돕는 것 갖고 뭘 그래?"

엄마가 눈썹 하나 까딱 않고 당연하다는 듯 퍼부었다.

"그깟 일? 아, 됐어. 나가."

"애 좀 봐, 왜 엄마한테 아침부터 짜증이니?"

"됐디고!"

진짜, 내 편은 하나도 없고 주위에 나를 향해 쏘아 대는 화살들만 빗발친다. 어쨌거나 상황을 누그러뜨리는 게 급선무다. 일단 다짐부터 받아 두자.

"엄마, 아빠가 뭐라 하면 옆에서 딴소리하지 마."

"알았어, 빨리 나오기나 해."

나는 미리 인상을 북, 그으며 거실로 나갔다. 소파에 앉아 있던 아빠가 마른세수를 하더니 멀거니 쳐다보았다.

"성기완, 아빠 괴롭다. 영업정지 20일은 나올 거다. 안 그래도 요즘 단속 강화돼서 꼬투리 하나라도 잡히면 바로 경고 때리는데. 장소, 시간까지 다 찍어서 보냈단다. 행정처분 받으면 바로 이의 신청해야 하니까, 넌 그 녀석 만나서 거짓 제보한 경위부터 알아 와. 무슨 말인지 알겠어?"

"어."

"넌 아빠 말씀에 어, 가 뭐야?"

엄마가 냉큼 끼어들어 핀잔을 주고는 아빠한테 물었다.

"여보, 무슨 일이야? 갑자기 웬 영업정지?"

"몰라, 애한테 물어봐."

내가 입을 열 것 같지 않자, 엄마가 바로 교훈 모드로 돌입했다.

"아들, 생각해 봐라, 아빠가 왜 너한테 일을 시키는지. 다 일찍부터 사업 경험 쌓으라고 그러는 거야. 엄마도 살아 보니 경험이 제일 중요하더라. 뭐든 경험을 쌓은 사람이 실전에도 강한 법이거든."

아직 난, 중딩이라고! 공부하기도 벅찬데, 무슨 사업 경험씩이나. 열불이 올랐지만 억지로 눌렀다.

"바야흐로 인공지능 시댄데, 앞으로 로봇이 사람의 직업을 다 가져간다잖아. 그때를 대비해서 장사라도 미리 배워 놓으면 좋잖아. 뭐든, 직접 부딪쳐 봐야 문리가 터지는 법이야."

아, 울 엄마, 문화센터 강의 몇 번 듣더니 입만 열면 지구환경과 미래세계 이야기다. 그러나 내가 보기엔 지구환경이나 미래세계에 대한 배려나 기여도가 전혀 없다. 어쨌든 이런 맥 빠지는 연설을 더 듣고 있을 시간이 없다. 나는 눈을 꾹 감고 있는 아빠를 보다가 검지를 입술에 대고 엄마한테 눈치를 줬다. 얼른 점퍼를 걸치고 신발을 신었다. 아빠가 졸린 눈을 치뜨며 소리쳤다.

"걔 만나면, 무조건 취소하라고 해!"

밤새, 전화기를 꺼 놓은 녀석을 만나려면 직접 찾아가는 수밖에 없을 것 같았다. 농담을 다큐로 엮어 버린 이 황당한 녀석을 어떻게 해야 할까, 속이 끓어올랐다. 하지만 다시 생각해 보니 아들의 동의를 구하지 않고 함부로 일을 시킨 쪽은 아빠다. 고로 아빠가 한 일은 부당하다. 그러니까 아빠가 처벌을 받는 것은 당연하다. 물론 나도 안다. 가게 구석에서 쪽잠 자며 고생하는 아빠를. 하지만 나도 내 생활이 있는데 이건 너무한 거다. 솔직히 아빠 때문에 친구랑 만

나서 놀자는 약속도 섣불리 못 한다. 약속을 해 봤자 아빠가 부르면 좋나니까. 친구들이 뭘 하자고 하면 '어, 그때 가 봐서…' 이딴 식이니 인간관계가 좁고 납작하다. 왜, 나는 내 시간, 내 몸을 내 맘대로 쓸 수 없단 말인가? 그러니까 친구가 없지. 야, 김태민 잘했어. 우리 아빠 성지훈 씨도 한번 당해 봐야 돼.

태민이네 집 앞에 도착해 전화를 했다. 신호가 딱 한 번 갔는데 전화를 받았다.

"집 앞이다. 나와라."

"아침부터 웬일?"

아 꼴통 새끼, 내가 보낸 문자랑 톡 봤을 텐데 시침 떼기는.

"일단 나와 봐, 기다린다."

조금 있으니 녀석이 곰돌이 무늬 수면바지 차림으로 까치집 머리를 벅벅 긁으며 나왔다.

"왜, 나 학원 가야 돼."

사람 속 뒤집어 놓고 하는 소리가….

"야, 지금 너 때문에 우리 가게 영업정지 먹게 생겼어, 어떡할 거야?"

"어떡하긴, 뭘?"

이 개념 없는 새끼를 그냥…. 말아 쥔 주먹이 떨렸다.

"야, 네가 신고했잖아."

"아, 그거."

녀석이 히죽, 웃었다.

"네가 하라고 했잖아. 야, 신고 포상금도 준대. 반땅 해 줄까?"

저 턱주가리를 한방에, 확! 아니다, 참자. 우선은 칼자루를 쥔 놈이니까.

"아, 새끼. 우리 가게 영업정지 당할 수도 있다고."

"그럼 좋잖아. 너 노래방 청소 안 해도 되고. 갑질 안 당해도 되니까 난 네가 완전 좋아할 줄 알았는데?"

어이가 없어서 한동안 말이 나오지 않았다.

"야, 너 때문에 나 죽었어. 어디에 어떻게 신고했는지 빨리 말해."

"알았어. 어, 그런데 나 지금 심문 당하는 거임?"

녀석이 피식대며 연체동물처럼 흐느적거렸다.

"심문이 아니고, 새끼야. 사건의 진상을 밝히려는 거다."

"좋아. 언제, 에브리싱 노래방. 어디서, 에브리싱에서 돌아오는 길. 무엇을, 신고를. 어떻게, 내 핸드폰으로. 왜, 노래방 미성년자 불법 고용을 신고해서 내 얼빵한 친구를 구하고 포상금도 받으려고. 됐냐?"

"무지하게 고맙다!"

"이제 심문 끝났으면 꺼져 주라. 참, 그날 가게에서 탁자에 눌러붙은 시꺼먼 초고추장 닦아 보니 네 고통을 알겠더라. 생선살 바닥에 처바른 그 진상도 한 대 때려 주고 싶었고."

"됐고, 너 어떡할 거야. 가게 영업정지 당하면 나 울 아빠한테 죽는다고!"

"그래, 에브리싱과 함께 장렬하게 전사해라, 근로기준법을 외치며 전태일처럼."

"나쁜 놈아!"

나도 모르게 주먹이 나갔고 녀석이 재빨리 피했다.

"에헤, 주먹은 그냥 넣어 두지? 우리 영화나 한 편 만들자. '열사 성기완!' 어쨌든 나 원망하지 마라. 미성년자 아들의 동의도 구하지 않고 함부로 잡일을 시킨 너희 아빠 때문에 일어난 일이니까. 난 내 친구의 불행을 막기 위해 인터넷에 접속했을 뿐이고, 신고하면 포상금까지 준다니, 안 할 이유가 없잖아, 히잇!"

꺼져, 새끼야. 저걸 친구라고, 어유! 기어이 녀석의 가슴팍에 주먹을 한 방 꽂았지만 이럴 때가 아니란 생각에 급 자세를 낮췄다.

"아, 미안 미안. 야, 김태민, 없던 일로 해 주라. 그래야 이의신청할 수 있대. 우리 아빠한테 같이 가자. 가서 좀 도와주라, 응?"

"싫어."

녀석이 나를 밀쳐 내며 성질을 냈다.

"그럼 울 아빠가 너희 부모님 만나러 올 거고 일이 더 복잡해진단 말이야. 지금 같이 가."

녀석의 팔을 잡았지만 녀석은 내 손을 쳐냈다.

"놔, 이거. 그리고 우리 엄마 아빠 집에 없거든. 외갓집 식구들이 랑 여행 갔다. 2주 있어야 돌아와."

녀석이 돌아서서 삐딱삐딱 걸어갔다. 아, 저 새끼를…. 결국 녀석의 멀어져 가는 뒤통수를 멍하니 쳐다보다가 발끝의 돌멩이만 차고 돌아섰다.

에브리싱 노래방에 영업정지 15일, 행정처분이 내려졌다.

태민이 장난삼아 한 일이 아빠에게는 큰 화가 되었다. 보름 동안 노래방 영업을 못 하면 월세를 감당하기 힘들어진다. 알바생들도 다른 일자리를 알아보라고 해야 한다.

"애들 핸드폰 장난질에 이게 무슨 날벼락이냐. 정말 어이가 없어서 말이 안 나온다. 세상에 내 자식한테 가게 청소 좀 시켰다고 신고를 해? 이게 말이 되냐고!"

아빠가 분통을 터뜨렸고 나는 겁이 나서 쥐 죽은 듯 움츠리고 있었다. 엄마가 아빠를 달래며 말했다.

"여보, 진정해. 세상만사 새옹지마라고, 이건 기회일 수 있어, 기회. 당신 코인노래방으로 바꿔야 한다고 했잖아. 이참에 코인노래방으로 바꿔 버려."

"돈이 어딨어?"

아빠가 난감한 듯 입을 쩝쩝 다시자 엄마가 더 바짝 붙어 앉으며 눈을 빛냈다.

"적금 깨. 요즘 코인이 대세인데 변화를 못 따라가면 에브리싱, 동네 할아버지들이나 오는 경로당 된다고. 아무리 서울이라도 변두리라 촌내 풀풀 나는데, 다 바꿔 버려."

"어유, 이 철없는 사람아. 남편은 지금 애가 타서 죽을 판인데."

"여보, 속상해하지 마. 이런 일 없었으면 당신이 언감생심 바꿀 생각이나 했겠어. 잘됐어, 잘됐다고."

엄마가 아빠 이마와 얼굴을 쓸어 주며 생글생글 웃었다.

"아, 알았어. 바꾸든 말든 내가 알아서 할 테니까, 당신은 아무 걱정 말고 건강이나 잘 챙겨."

그놈의 건강, 건강. 무슨 건강에 목매달고 사는 사람들처럼 엄마 아빠의 모든 이야기의 중심소재는 건강이다. 엄마는 건강을 위해서 아침마다 해독주스를 갈아먹고 영양제를 한 주먹씩 먹는다. 엄마 건강은 이렇게 챙기면서 우리 집 남자들은 허구한 날 가게에서 라면만 먹는다는 사실을 아는지 모르는지. 그래도 아빠는 엄마가 건강해야 우리 집이 산다에 일관성 있게 방점을 찍고 있으니 답답할 뿐이다. 욕실에서 머리를 감고 나오는 누나에게 엄마가 자초지종을 얘기해 줬지만 누나 반응은 웬 옆집 개가 짖나, 였다.

"아, 몰라 그딴 거. 정지하라면 정지하면 되잖아."

"그딴 거라니?"

아빠가 눈을 부라렸지만 이미 누나는 방으로 쏙 들어간 후였다. 나는 엄마의 막무가내 긍정과 누나의 시크한 개인주의가 부럽다. 나도 저렇게 근심 걱정 없이 따로국밥으로 놀아도 될 만큼 배짱이 있으면 좋겠다. 왜 나는 아빠한테 저런 내공을 갖지 못할까, 진심 부러웠다.

"성 기 완, 어쨌든 그 녀석을 만나야 이의신청 할 수 있으니까 잡아서 끌고 와."

"성 기 완." 아빠가 악센트를 주고 이름 석 자를 부르면 매우 심각하다는 뜻이다. 아들, 기완, 하고 부르면 적당히 해도 된다는 뜻이고. 그런데 그 미꾸라지처럼 뺀질뺀질한 녀석이 쉽게 끌려와 줄 것 같지 않으니 미칠 노릇이다. 물에 빠지면 입만 동동 뜰, 말발 센 녀석을 설득할 자신도 없고, 우격다짐 힘으로 멱살을 잡아끌 수도 없다. 아, 그래, 지연이라면 녀석을 설득할 수 있을지도 모른다. 녀석에 버금가는 말발 센 아이니까.

지연이에게 전화로 도움을 요청했다. 풀 죽은 내 목소리에 지연이가 난감해했다.

"걔 정말 밥맛인데. 알았어, 잡아끌고 올 수 있을지는 몰라도 같이 가긴 할게."

나는 녀석의 집 앞에서 전화를 했다. 녀석이 달갑지 않은 표정으로 나오며 틱틱댔다. 막 세수를 하고 나왔는지 가무잡잡한 얼굴이 말갰다.

"왜?"

"야, 친구가 찾아왔으면 반가워해야지 왜가 뭐냐?"

지연이의 말에 녀석이 인상을 찌푸렸다.

"그니까 왜?"

"잠깐 얘기나 좀 하자고."

지연이 다짜고짜 녀석의 팔을 잡아끌자 녀석이 뒤에 서 있는 나를 힐끗거리며 실실댔다.

"오지연 너, 나한테 지금 작업 거는 거임?"

지연이가 녀석의 귀를 잡아당기며 소리를 낮췄다.

"아니, 고급지고 우아하게 대화를 나누자는 거임."

지연이가 녀석의 팔을 잡은 채로, 분식집으로 들어가며 소리쳤다.

"이모, 여기 떡볶이 3인분이요!"

녀석과 지연이가 나란히 앉고 나는 맞은편에 앉았다. 녀석이 깨작대며 떡볶이를 조금씩 끊어 먹었다. 내 목구멍에 이 나쁜 놈아, 어떻게 그럴 수 있어, 하는 소리가 간당간당 매달려 있었다. 지연이의 똘망한 눈동자가 태민이의 얼굴을 살폈다. 녀석도 힐끗힐끗 지연이 눈치를 보며 기싸움을 했다.

"야, 김태민. 있잖아. 내가 장난으로 연못에 돌멩이를 하나 던졌는
데 개구리네 아빠가 맞아서 다쳤어. 그럼 어떻게 해야 할까?"

"뭘, 어떻게 해. 이미 다쳤는데 치료해야지."

시큰둥한 녀석의 대답에 지연이가 태민이의 턱 밑에 바짝 얼굴을
들이댔다.

"돌 던져서 미안하지 않을까?"

"뭐, 그렇긴 하겠지."

"그렇지. 타임시프트가 된다면 아예 돌 같은 건 안 던질 거고."

"그니까 장난치지 말자, 뭐 그거야?"

"네가 친 장난이 기완이 아빠를 얼마나 힘들게 만들었는지 알고
있니? 영업정지 당해서 장사도 못 해. 안 그래도 얘네 아빠 얼마나
힘든데. 밤잠도 못 자고 가게에서 쪽잠 자며 산다고. 오죽했음 애한
테 가게 청소를 시키겠냐."

"가게 두 개면 돈 많이 벌잖아."

"야, 네가 장사를 몰라서 그래. 우리 엄빠도 얼마나 힘든지 몰라.
한 달 벌어서 월세 내고 나면 남는 게 별로 없대. 그런데 너 때문에
노래방 장사 못 하게 됐다. 어떡하니?"

"이 새끼가 자기 아빠 갑질 한다고 신고하라고 했어."

녀석이 날 가리켰지만 나는 잠자코 있었다.

"야, 네가 애냐, 가게 청소하는 거 힘드니까 그냥 한 소리잖아."

"그럼 이제 와서 어떻게 해?"

"미성년자 불법 고용이 아니라, 친구가 아빠 가게 청소하는 게 힘들어 보여서 신고한 거라고 다시 얘기해야지. 맞잖아. 그게 사실이 잖아."

"아, 씨. 몰라."

"김태민, 가자. 기완이 아빠한테 가서 얘기해."

"싫어. 내가 어떻게 거길 가!"

"뭐 어때. 잘못했으면 가서 사과해야지. 가자."

"아이 씨, 쪽 팔려."

"그럼 아저씨 보고 이리로 오라고 해?"

입술을 달싹거리던 태민이가 벌떡 일어나더니 문을 열고 밖으로 뛰쳐나갔다. 지연이가 쫓아나가 태민이의 팔을 잡았지만 성질을 내며 뿌리치고 그대로 달아나 버렸다.

"아오, 씨 저 새끼…."

"쟤하곤 말이 안 통해. 너희 아빠가 쟤네 부모님이랑 만나서 해결해야 할 것 같아."

지연이가 고개를 절레절레 저었다. 나는 멍청하게 서 있는 내 모습에 화가 나서 주먹으로 손바닥을 쳤다. 지연이가 한 손으로 내 등을 토닥여 주었다.

아침을 먹는데 아빠가 손을 비비며 들어왔다.

"아, 춥다. 우리 딸은?"

"새벽에 나갔지. 독서실 들렀다가 바로 학교로 간다고."

"고3, 시작부터 빡세구나. 어이, 아들. 아빠 노래방 리모델링하고 코인으로 바꾸기로 했다."

아빠 말에 짜증이 팍 올라왔다.

"아, 씨. 결국 이렇게 할 거였으면서 왜 나한테 그렇게 난리를 쳤는데?"

"인마, 이게 다 현장 경험이라는 거야. 세상에는 별별 인간들이 다 있고, 이런저런 별별 문제들이 많으니까. 너도 나중에 사업을 하려면 그런 것도 처리할 줄 알아야 한다."

"그럼, 피시방도 바꿔. 이 동네 신박한 피시방 하나 들어오면 우린 경쟁 안 돼. 요즘 피시방들이 얼마나 첨단인데."

내 말에 아빠가 손을 내저었다.

"피시방은 좀 더 있다가. 돈 모아서."

"언제부터 공사 시작해?"

"이번 주 안에 시작하면 보름 정도 걸릴 거야."

"그럼 이제 나 해방이지? 코인노래방은 사람 필요 없잖아."

"왜 필요 없어. 알게 모르게 사람이 뒤에서 다 해야 돼. 청소는 물론이고."

"이제부턴 난 몰라. 절대 나 부르지 마."

"아들아, 이 아빠가 학교에서 가르치지 않는 자본과 경제의 실질적인 이해를 몸소 가르치는데, 감읍해야 하는 거 아니냐? 얼마나 쓸모 있는 교육이냐. 나도 학교 다닐 때 교과서 열나게 외웠지만 사회에 나와서 몸으로 배운 게 더 피가 되고 살이 되더라."

지금 자본이니, 경제니 그 문제가 아니지 않는가? 나한테 그렇게 야단을 치고 태민이랑 껄끄럽게 만들더니, 결국 이렇게 코인노래방으로 리모델링할 거면서. 그런데 사업을 하려면, 이라니? 그럼 나한테 피시방과 노래방을 물려주겠다는 뜻? 아고고고 난 그딴 거 물려받을 생각 없어요. 아니 아니지, 가게 금고엔 언제나 돈이 있고 아빠가 은행에 들락거리는 걸 보면 꽤 짭짤한 것 같은데…. 공부 때려치우고 지금부터 사업이나 배워? 아니지, 그건….

"왜 멍 때리고 있어? 참, 아들. 악덕기업주의 갑질을 일깨워 줄 부모의 의무에 대한 법 조항은 찾았냐? 부모의 노동력 착취에 부당함을 주장하려면 제대로 알아야지. 멍청하게 친구한테 당하지만 말고."

아빠의 비꼬는 말투에 오기가 났다. 그 자리에서 톡에 저장해 둔 내용을 찾았다.

"봐, 민법에 부모는 자식을 보호하고 교양할 의무가 있다잖아."

나는 의기양양하게 핸드폰을 내밀었다.

"뭐야, 의무가 아니라 권리의무잖아. 왜 권리가 먼저겠냐? 부모의 권리가 의무보다 더 중요하다는 의미잖아."

"권리는 무슨."

"그러니까 이걸 참고해서 아빠 일을 돕는 게 노동력 착취라고 주장할 수 있는지 더 연구해 봐."

"연구하면?"

"결과에 따라, 보상이 있지."

"꼭 그렇게까지 해야 돼?"

"그럼, 뭐든 파고들어가야 깨닫게 되니까."

어떻게 저런 생각을 할까? 공부는 적당히 하라면서 웬 연구? 도대체 뭐가 뭔지 모르겠다. 아빠는 결혼 초 샐러리맨으로 평범하게 사회생활을 시작했지만 금융 위기를 거치면서 직장에서 잘리고, 좌판에서 채소 파는 것부터 시작했다고 한다. 아빠는 그럼, 연구하고 파고들어서 장사꾼이 되었나?

"인마, 너 나중에 재벌 2세 돼서 까만 페라리 타고 폼 나게 레이스 펼치고 싶다 했잖아. 네 꿈 이뤄 주려면 아빠가 무진장 노력해서 재벌이 되어야 안 되겠냐? 그니까 불평 말고 잘 해."

"쳇, 아빠가 재벌이 된다고?"

"그래, 지금은 모를 거다. 그냥 웃어라. 모든 길은 로마로 통하는 게 아니라, 돈으로 통한다. 그래서 사람이면 모름지기 돈을 벌어야 하는데 학교에서는 돈 버는 방법을 제대로 안 가르치니, 아빠라도 가르쳐야지 별수 있나."

"아, 됐어. 그럼 학교 때려 치우고 돈이나 벌라고 하든지."

"그러게! 야, 좋다. 너, 그럼 학교 때려 치울래?"

"뭐? 그게 아빠가 할 소리야?"

"돈 버는 법을 배우려면 어릴 때부터 직접 해 보는 게 제일 좋아. 스티브 잡스 봐라. 학교 쫑내고 사업했으니 그렇게 잘됐지. 아니 죽은 사람 말고 마크 저커버그 봐라. 생긴 건 싱겁게 보이더만, 돈이 있으니 맨날 똑같은 티 쪼가리 하나 걸쳐도 폼 나잖아. 아빠가 누누이 말하지만 공부는 이론과 실습이 50대 50이라야 만땅이라니까. 이 두 박자가 맞아야 최상의 조합인 거지."

만땅은 무슨, 차에 기름 채우는 것도 아니고. 내가 피식대자 아빠

57

가 싱겁게 웃었다.

"부려먹는 방법도 참 치졸하다. 난 커서도 장사 안 해. 나도 꿈이 있다고."

"꿈? 수시로 바뀌는 그 꿈?"

"이제 안 바뀔 꿈 찾을 거니까 걱정하지 마."

"꿈은 평생 꾸고 사는 거고. 일단 꿈을 꾸려면 먹고 살 돈이 있어야지. 먼저 하고 나중 해야 할 인생의 우선순위 같은 거, 그거 똑바로 세워야 한다."

"나 아직 중딩이라고. 무슨 인생 순위씩이나."

"얀마, 그러니까 뭐냐, 일단 먹고 살 직업이 일 순위고, 그다음이 평생 함께할 꿈 찾는 거야. 너 직업이랑 꿈이랑 착각하지 마라. 직업 없으면 돈 없고 돈 없으면 빌빌거리면서 꿈 같은 건 생각도 못하는 거야. 물론 꿈이 직업이 돼서 먹고살 수 있으면 더 좋겠지만. 중3이면 인생 순위 정하기 딱 좋은 때지."

"와, 정말 일관성 있네, 울 아빠."

"그러니까 아들, 이 아빠한테 자꾸 반항하지 말고 훗날 다, 피와 살이 될 테니까 기회 제공할 때 열심히 해. 어쨌든 난 아들을 믿는다. 파이팅!"

아빠가 손바닥을 높이 올렸고 나는 마지못해 손바닥을 부딪쳤다.

아빠 말대로 공부하지 말고 장사나 해? 50대 50이 만땅? 그럼,

50을 채우기 위해 공부도 해야 되잖아. 학원에 앉았어도 새가 둥지를 짓듯 온갖 잡생각이 얼키설키 엉켜 돌아갔다. 정신 딴 데 팔고 있다고 학원 선생님한테 몇 번이나 지적당하고 시간만 날렸다. 그러나 오늘 깨달은 한 가지가 있다면, 난 사업체질이 아니라는 것이다. 가게에 손님이 오는 게 싫고 빨리 꺼져 주기만을 바라니까. 고객의 고, 자만 들어도 토 나오니까.

"어쨌든 난 사업은 안 할 거다."

집에 돌아오면서 전화로 지연이한테 내 다짐을 고했다. 밑도 끝도 없는 내 얘기를 지연이는 찰떡같이 알아듣고 바로 대답했다.

"나도."

지연이의 명확한 대답에 기분이 업 되려는 순간,

"그럼 뭐 할 건데?"

말문이 꽉 막혔다.

"글쎄, 뭐 하지? 넌?"

"나도 뭐 하지?"

따져 보니 우리 둘은, 닮은 데가 있다. 둘 다, 허황된 꿈을 자주 꾼다는 것.

"우주 정거장 지킴이."

"해저도시 경비원."

"경비행기 조종사."

우주 정거장 지킴이는 지구별에서 사라지고 싶을 때 둘이서 생각한 일이고, 해저도시 경비원은 우리라도 바다 환경을 지키자고 다짐하면서 생각한 것이다. 경비행기 조종사는 그냥 딱, 둘이서만 하늘을 날고 싶다는 막연한 마음에.

"야, 오늘은 네가 떡볶이 쏴, 나 배고파."

지연이가 말했다.

당근이지. 나는 지연이를 향해 숨차게 달려갔다. 떡볶이 집 앞에 이르자 지연이가 저만큼에서 걸어왔다. 나는 재빨리 뛰어가서 지연이 가방을 내 어깨에 걸쳤다. 지연이가 나를 보고 빙그레 웃었다.

8

춥다, 가방에서 비니를 꺼내 썼는데도 귀가 시리다. 학원 버스에서 내려 코인노래방으로 변신 중인 가게에 들렀다. 벽간판과 입간판까지 싹 다 사라졌다. 꽃분홍색 간판 글씨가 촌스럽다고 투덜댔는데 막상 사라지고 나니, 뭔가 애틋했다. 계단을 내려가니 먼지가 자욱한 가운데 칸막이 공사가 한창이다.

"잘돼 가?"

사다리에 올라 석고보드에 타카를 쏘는 목수를 올려다보는 아빠한테 다가가며 물었다.

"응, 왔어?"

아빠가 날아오는 먼지를 손으로 휘저으며 나가자는 손짓을 했다. 바깥으로 나오자 아빠가 빙긋 웃으며 내 어깨를 툭 쳤다.

"이제 우리 아들 노래방 청소하려면 힘들겠는데. 룸이 열다섯 개는 나온다니까."

참 지치지도 않는다, 아들 시켜 먹을 궁리하는 데는. 이참에 내 의지를 강력히 보여 줘야겠다 싶어 말을 고르는데 아빠가 뿌듯한 표정으로 가슴을 내밀었다.

"이 동네에서 제일가는 최첨단 코인노래방이 될 거다. 프랜차이즈 가맹점이라 본사에서 홍보까지 다 해 주니, 가만히 있어도 사람들이 모여들 거야. 아들 들리냐, 아빠 금고에 돈 들어오는 소리가."

"됐어. 난 완전히 빠질 거야. 혼자서 많이 벌어."

"야, 이거 하느라 그동안 모았던 거 몽땅 쏟아부었어. 매달 꼬박꼬박 월세 나가지, 관리비, 저작권료까지 장난 아니다. 결국 이런 장사는 인건비에서 남는 거야. 그러니 네가 아빠를 도와줘야지. 학교 오가면서 청소도 좀 하고, 기계도 점검하고."

혹 떼려다 혹 붙인 격이다. 오픈도 하기 전에 갑질부터 들어간다.

"최첨단 시설이라며? 코인 자동결제 시스템이 알아서 한다며?"

"물론이지. 자동결제 후, 스마트 체어에 앉아서 곡 선택, 음향 조절, 각도 조절까지 완벽하게 끝나지. 손님 출입은 앱 깔아 놓으면 어디서든 핸드폰으로 다 볼 수 있으니까 청소랑 기계 관리만 잘 해 주면 돼, 아들 파이팅."

"난 몰라. 나도 곧 고딩이야. 입시생이라고."

"인마, 입시도 대학도 다 나중에 먹고살려고 있는 거잖아. 먹고살려면 실전 경험이 더 필요하다고. 좋아, 고3 되면 그땐 공부만 하게 해 줄게. 됐지?"

어이가 없어서 딴 데로 고개를 돌리는데, 저쪽 건물 옆에서 고개를 쏙 내미는 게 태민이 녀석이다.

"야, 김태민!"

내가 소리치자 아빠가 먼저 손짓을 했다. 녀석이 주눅 든 모습으로 멈칫멈칫 다가와서 아빠한테 꾸벅, 머리를 숙였다. 녀석이 한 일을 생각하니 울컥 치받쳐서 시비조로 삐딱하게 물었다.

"너, 왜 거기 숨어서 보는데?"

녀석이 우물쭈물, 아빠를 힐끗 한번 쳐다보고 기어들어가는 목소리로 말했다.

"노래방이 없어져서."

아빠가 그런 태민이를 보고 빙긋, 웃더니 장난스럽게 양손을 벌리며 말했다.

"태민아, 아저씨 가게 망했다. 너 어떻게 할래? 아저씨가 널 거짓 제보자로 고소할 건데. 너, 이제 경찰한테 잡혀갈 수도 있어."

금세 녀석의 낯빛이 흐려졌다. 그런 녀석이 불쌍해 보여서 나는 재빨리 손을 저었다.

"아, 아빠… 야, 아니야, 에브리싱 노래방이 코인노래방으로 변신 중이야."

나는 아빠에게 눈을 찡긋하며 농담을 덧붙였다.

"에브리싱에게 변신의 기회를 준 너한테 고맙대, 울 아빠가."

아빠가 픽, 웃으며 나와 태민이 머리에 꿀밤을 주었다.

"야, 두 녀석이 나를 갖고 노네. 어쨌거나, 태민아. 앞으로도 아저씨가 계속 네 친구, 성기완을 부려먹을 건데 어쩔래, 또 미성년자 고용 어쩌고 신고할 거야?"

"아니요."

순진한 녀석, 곧 울음이라도 터질 듯 빨갛게 목덜미가 달아올랐다.

"그만해. 야, 가자."

내가 태민이 팔을 끌어당기며 걸음을 떼는데, 아 놔, 뒤통수에 또 갑질 소리가 따라왔다.

"야, 피시방 보고 가."

못 들은 척 그냥 그대로 걸었다. 피시방이야 알바 형들이 알아서 잘하겠지.

"너희들 어디 돌아다니지 말고 곧장 집에 가라. 중국에서 들어온 폐렴이 퍼지고 있단다. 위험하니까 조심해."

아빠 목소리가 귓등을 스쳐 지나갔다. 가게 오픈도 하기 전에 부려먹을 생각부터 하는 비정한 아빠를 더 말해 무엇 하리. 옆에서 따라오는 이 겁먹은 녀석은 또 어떻게 하지. 나한테 했던 그대로 갚아? 아님, 아무 일도 없었던 것처럼 걍 넘어가? 참 인생이란 이래저래, 순간순간 복잡하구나.

 태민이와는, 마침 서점에 갔다 오던 지연이를 만나서 떡볶이를 먹는 것으로 화해했다. 근데, 녀석이 떡볶이를 먹으면서 자꾸 지연이 얼굴을 빤히 쳐다봐서 기분은 좀 나빴다. 다음부턴 지연이가 녀석과 마주 보고 앉지 못하도록 할 거다. 정말이지 이번 일은 노래방 변신으로 용서가 됐지만 녀석이 지연이에게 접근하는 건 절대, 절대 용서 못 한다.

 집으로 돌아오는 길, 나는 지연이 가방까지 양 어깨에 겹쳐 멨다.

 "성기완, 너 오늘 좀 멋지더라. 태민이한테 하는 거 보니. 난 그 얄미운 녀석, 한 대 때려 주고 싶었는데."

 "친구잖아. 유딩 때부터 친구."

 "그러네. 우리 셋, 유치원 동창이구나. 아, 추억 돋는다, 장미반. 큭큭."

 "그래도 나하고 너하고 더 친했다, 뭐. 지금도 그렇고."

 "하긴, 우린 가게가 붙어 있으니 더 볼 일이 많았지."

 야, 가게가 붙어 있어서가 아니고, 내가 널 좋아해서 그렇다고, 말하고 싶어서 목구멍이 간질간질했지만 꾹 참았다. 지연이를 데려다 주고 집에 오자마자 침대에 벌러덩 누워서 중학생 여자 친구에게 고백하는 법을 검색했다.

〈특별하게 보이려고 노력하고 시선을 끌면서 존재감 알리기〉

난감하다. 이미 알만큼 다 아는데 어떻게 특별하게 보이지?

〈수업시간에 주목 끌기〉

같은 반도 아닌데, 어떻게….

〈데이트 신청하고 즐겁게 해 주기〉

데이트의 데, 자만 꺼내도 토 나온다고 할 텐데.

〈즐겁고 유익한 이야기 나누기〉

말은 지연이가 더 잘하는데, 유익한 얘기도 공부 잘하는 지연이
가 더 잘하고.

괜히 찾아봤다. 어쨌든 여자사람 친구라도 난 지연이가 좋다.

— 학원 끝남?

— 짜증 나, 보충

　지연이 앤, 왜 자기 멋대로 학원을 옮긴 건데? 같은 학원에 다녔으면 좋았잖아. 바람은 왜 이렇게 부는 기야, 짜증 나게. 하여튼 맘에 드는 게 하나도 없어. 구시렁구시렁대며 집에 들어서는데 엄마가 텔레비전을 가리키며 호들갑을 떨었다.

　"아들, 뉴스 좀 봐. 저거, 점점 퍼지면 어쩌냐. 지난번 사스, 메르스처럼?"

　학원에서도 온통 코로나 얘기로 시끄러웠는데 집에 오니 또 엄마가 호들갑이다.

　"좋네, 학교 안 가도 되고. 나, 배고파."

엄마가 얼굴을 찌푸렸다. 내가 식탁에 앉자 엄마가 에어 프라이어에서 김이 모락모락 나는 만두를 꺼내 접시에 담아냈다. 유기농 밀가루로 만든 만두라는 코멘트와 함께. 만두를 허기진 배 속에 마구 밀어 넣었다.

"애, 숨 쉬면서 먹어. 체하겠다."

엄마가 보리차를 따라 주며 혀를 찼다. 학원 갔다 오면서 떡꼬치를 두 줄이나 먹었는데 또 폭풍 흡입이다. 덕분에 요즘, 허벅지는 점점 부풀어 오르고 여드름은 덕지덕지 면적을 넓혀 갔다. 그래도 배가 부르니 기분이 좀 풀렸다.

"인테리어 하는 데 가 봤어?"

"웅, 이제 칸막이는 다 했더라고. 먼지가 엄청 나서, 거기 있음 목 아파."

"그니까, 네 아빠는 그냥 일하는 사람들한테 맡겨 두면 되지, 왜 먼지 나는데 붙어 있는지 모르겠다. 어련히 알아서 할까봐."

"내 말이. 하긴 사장이 보고 있으면 더 잘하겠지."

"것도 아니야, 아까 가서 보니까 일꾼들은 네 아빠가 있든 말든, 담배 필 것 다 피면서 느긋하게 일하던데 뭐. 그러다가 시간 되면 하던 일도 딱 손 놓고 간대."

"당연하지. 시간 되면 가는 게 당연한 거 아냐?"

"그치만, 사람 인정이라는 게 어디 그러니. 하던 일은 마저 하고 가야지."

"어른들은 그게 문제야. 시간 되면 가는 게 맞지. 인정이 밥 먹여
줘?"

"애, 말하는 것 좀 봐. 젊은 애들이 더 무섭다더니, 차암."

하여튼, 우리 부모님 머리에는 갑질 디엔에이가 곱빼기로 장착되
어 있는 것 같다. 아들한테도 인부들한테도, 갑질 하고 싶어 안달이
다. 내가 말을 말아야지.

"만두 더 없어?"

"그게 단데."

"더 먹고 싶은데."

"이번에 가게 인테리어 하느라 적금 깨고 있는 돈 없는 돈, 다
긁어모았어. 당분간은 우리 허리띠 졸라매야 해. 먹는 것도 아껴
야…"

내가 뜨악하게 쳐다보자 엄마가 말끝을 흐렸다. 무조건 잘 먹어
야 해, 먹는 데 돈 아끼면 안 돼, 먹는 게 남는 거야, 노래를 불렀던
생각이 난 모양이다. 엄마는 무안함을 모면하려는 듯 밥솥 뚜껑을
열더니 급하게 밥을 푸고 반찬을 꺼내 놓았다. 그 모습이 귀여워서
피식, 웃음이 났다.

코인노래방은 하루가 다르게 깨끗해지고 고급지게 변해 갔다. 어

둡고 칙칙하던 카운터를 싹 뜯어내고 복도와 룸을 양쪽으로 나란히 배치했다. 조명이 바뀐 것이 가장 좋았다. 지하의 검칙한 어둠은 천장에 심긴 밝은 엘이디 전구가 몰아냈다. 각 룸에도 주광색 바탕에 오색 빛이 쏟아져 내려 환상세계를 연출했다.

"이제 인테리어는 얼추 끝났고, 낼 기계만 들어오면 된다. 어때, 아들. 돈이 좋지? 돈을 들이니 세상이 바뀌잖아."

"많이 들었어?"

"그동안 좀 모아 둔 거 다 들어갔어. 그래도 이 정도 삐까번쩍하게 해 놨으니 이 아빠 능력자지."

"우리 아파트 살 때도 은행 대출 받았다고 했잖아."

"은행 대출 없는 사람이 어디 있나. 다 대출 받아서 사고, 살면서 갚아 나가는 거지. 아, 그리고 오늘 피시방도 알아봤는데 프랜차이즈 본사에서 대출도 다 알아서 해 준다고 하네. 노래방 영업 다시 시작하면 피시방도 바꿔야겠다. 네 말처럼 신박하게."

"와, 잘 생각했어, 아빠."

그동안 아빠 몰래 시내 피시방에 다닌 게 늘 양심에 찔리긴 했다. 하지만 차원이 다르니 어떡하랴. 프리미엄 좌석에 앉으면 일단 컴퓨터 속도부터 다르고, 의자에서 바람도 나오고, 카페에서 셀프로 해 먹는 얼큰 라면에, 카레를 넣어 먹는 카구리는 정말 끝내준다.

"이제 돈 벌 일만 남았다. 아들, 이 아빠, 능력자 아니냐? 그러니 우리 아드님, 자꾸 삐딱하게 나가지 마시고 아빠 좀 팍팍 도와주라."

아빠가 장난스레 주먹으로 내 배를 치며 환하게 웃었다. 그래요, 아빠. 능력자답게 혼자서 잘 하시라고요. 물귀신처럼 아들 끌고 들어갈 생각 마시고요. 정색을 하고 강렬한 눈빛으로 내 마음을 쏘아 보냈지만 아빠는 눈썹 하나 까딱 않고 콧노래만 흥얼거렸다. 어쨌거나 이젠 무인 노래방이니까 이전보단 덜 불러내겠지, 하는 안도감이 좀 들긴 했다.

노래방 기계가 들어오는 날, 아침부터 아저씨 셋이서 설치 작업을 했다. 체인점이라 가맹비만 내면 본사에서 다 알아서 기계를 설치해 준다고 했다.

"이거 네 엄마가 고른 브랜드야. 가맹비 주고 매달 로열티 지급해야 하지만 그래도 본사에서 홍보도 해 주고 기계도 알아서 최신형으로 설치해 주니까 편하네. 이 브랜드가 가맹 점포가 가장 많더라고. 가게에 전혀 관심 없던 네 엄마가 친히 골라서 낙점한 브랜드니 좋은 일이 많을 거야."

저 맹신에 가까운 믿음은 대체 어디서부터 시작된 걸까?

"나한테 젊은 감각으로 골라 보라고 하더니 결국 엄마 말대로 했네 뭐."

"야, 엄마의 안목이라는 게 있잖아. 친구들하고 노래방 제일 많이 가는 사람이 누구냐, 엄마잖아. 그러니 경험자의 말을 듣는 게 좋겠다, 싶었던 거지. 너도 좋다고 했잖아."

"그건, 아, 말을 말자. 아빠, 엄마 꼬봉이었지."

"얀마, 꼬봉이 뭐냐, 엄마의 사랑스런 남편이지. 하하."

네, 네. 익히 알고 있습니다요, 엄마의 사랑스런 남편님. 속으로 비웃어 주며 코웃음을 날렸다. 아차, 나도 지연이의 사랑스런 남편이 될 수도 있는데, 이렇게 아빠를 비난하면 안 되지, 흐흐. 떡 줄 놈은 생각지도 않는데 김칫국부터 마셨더니 목덜미가 뜨끈했다.

싱싱 코인노래방 오픈!

꽃으로 만든 아치가 계단 앞에 세워지고 개업 이벤트 문구가 벽에 붙었다. 상가 번영회와 아빠 지인들이 보낸 축하 화분이 계단 층층이 놓여졌다. 아침부터 손님이 바글바글하다. 낮에는 방학을 맞은 아이들이, 밤에는 어른들이 자리를 채웠다. 아빠는 신바람이 나서 연신 나를 불러 댔다.

"기완, 3번 룸 빠졌다. 마이크 닦고 정리 좀 해라."

"아빠가 좀 내려와서 해. 앉아서 앱만 들여다보지 말고."

"아들, 아빠도 비즈니스로 바쁘다. 피시방도 신박하게 바꾸라며. 지금 그 문제로 본사 직원들이랑 미팅 약속이 꽉 차 있다고. 여러

72

군데 프랜차이즈에 문의를 했더니 금방 직원들 내보낸다고 야단이야. 어쨌든 아들, 돈 들어올 때 정신 바짝 차리자."

이럴 거면, 노래방에도 알바생을 구해 놓던지. 진땀이 다 난다. 학원 갈 시간만 겨우 빠져나오고 종일 매달려 있는 꼴이다.

"학원 갔다 바로 와. 저녁에도 네가 있어야겠다."

"저녁엔 아빠가 있으면 되잖아."

"아빠는 오늘 상담한 거 엄마한테 보고하러 가야지. 네 엄마가 아빠 브레인이잖아."

브레인 좋아하시네. 말은 저렇게 하지만 눈에 선하다. 엄마한테 열심히 설명해 봤자 엄마는 "여보, 난 몰라. 당신이 알아서 해. 당신이 잘하니까. 호호호" 할 테니까. 그런데도 아빠는 모든 결정권을 엄마한테 넘긴다. 아빠가 사업을 하지만 엄마가 우리 집에서 중요한 위치라는 걸 확인시키고 소외감을 느끼지 않게 하기 위해서라나, 뭐라나!

아, 그런데 좋은 일이 있으면 악재가 따라오는 법인가. 학원에서 뛰어오는데, 진상이 노래방 문을 가로막고 비틀거리며 소리치고 있었다.

"야, 사장 나오라 그래! 여기 사장 어디 갔어? 정말 이것들이… 무슨 놈의 노래방을… 어, 누구 맘대로 이렇게 바꿨냐고! 사장, 사장 어디 갔어?"

나는 진상의 팔을 붙잡아 밖으로 이끌며 말했다.

"할아버지, 여기서 이러시면 안 돼요. 얼른 나가세요."

"뭐, 이 어린놈이, 너 인마 누구야, 어?"

"제가 사장이에요. 빨리 나가세요. 술 취해서 오시면 안 돼요."

"뭐, 사장이라고? 네가 사장이야? 이놈의 자식이 어른을 놀려!"

시큼한 술 냄새에 토가 나올 것 같은데 진상은 콧김을 마구 발산하며 내 머리를 쥐어박았다. 핏대가 확 섰다. 안에 있는 다른 손님들이 놀라기 전에 내보내야 한다는 생각에 용을 썼지만 이 할아버지, 힘이 보통이 아니다.

"이놈아, 이거 놔. 너 몇 살이야, 응? 어른이 뭐라고 하면 다소곳이 머리를 숙여야지, 이 어린놈의 자식이."

하도 어이가 없어 내가 실없이 웃자 한 발 물러서는가 싶더니 다시 훈계에 들어가신다.

"이놈아. 사내로 태어났으면 짧고 굵게 살아야지, 짜잘한 일은 집어치우고. 장사도 마찬가지야. 장사가 뭐야? 결국 신용이야, 신용. 신용이란 손님을 왕으로…."

꼰대의 횡설수설은 곧 왕년에 내가, 로 시작하는 무용담을 두서없이 방출했다.

"아, 예예!"

성질을 죽이고 살살 달래면서 결국 바깥 계단 위까지 몰아내는데 성공했다. 바깥에서도 실랑이는 벌였지만 급한 불을 꺼야 한다는 생각에 꾹꾹 눌러 참았다. 할아버지, 제발 내 얼굴에 침이나 튀기지 마세요, 쫌.

"할아버지, 안녕히 가세요."

나는 진상을 우리 건물 끝까지 밀어낸 후, 재빨리 인사를 하고 노래방으로 뛰어 들어갔다. 그런데 웬걸, 또 계단에서 진상의 소리가 들린다. 살살 달래서 보냈다. 몇 번이나 들락날락, 정말 뚜껑이 열리고 욕지기가 나왔다. 내 인내심이 한계치에 다다랐을 때, 진상도 힘이 빠졌는지 시나브로 사라졌다. 진짜 돌아 버리는 줄 알았다. 아무튼 자정까지도 노래방은 대성황, 피곤이 어깨를 짓눌렀지만 신박한 노래방에 손님들이 몰려오니 신바람이 났다.

"야, 우리 아들, 이젠 아빠를 뛰어넘은 것 같다. 역시, 사업에 소질 있어. 딱 10년만 기다려라, 검정 페라리 타고 폼 잡게 될 테니!"

젠장, 앱으로 다 지켜보고 있었으면서 내려와 보지도 않다니, 진짜 매정하다. 나중에 돈 벌면 천 원짜리 한 장 주나 봐라.

10

우리 피시방이 핫한 프랜차이즈로 바뀐다! 아빠의 큰 결심에 나는 뛸 듯이 기뻤다. 그동안 지연이나 태민이 같은 애들도 우리 피시방 후지다고 시내로 나가고, 몇 번 따라간 나도 주눅이 들었는데 이제 우리 피시방도 최첨단으로 산뜻하게 변신한다니 기분이 좋아서 어깨가 들썩거렸다.

"아들아, 네 말대로 노래방도 피시방도 신박하게 나가 보자. 생각보다 대출 이자도 괜찮고 본사에서 제시하는 조건도 좋은 것 같아. 이 동네에서 최첨단을 선점하고 손님들 꽉 잡으면 대박나지 않겠냐?"

아빠의 입가에도 흐뭇한 미소가 피어났다.

며칠 후, 피시방 공사가 시작되었다. 피시방 본사에서 리모델링 팀이 왔다. 피시방도, 노래방처럼 프랜차이즈라 리모델링도 본사에서 보낸 팀이 맡아서 했다.

"기완 아빠 돈 많이 벌었나 봐요. 가게 두 개를 싹 바꾸네요."

마침, 음식물 쓰레기를 들고 나오던 지연 아빠가 부러워하자 아빠가 계면쩍어하면서도 입꼬리가 슬쩍 올라갔다. 옆에 있던 내 어깨도 덩달아 으쓱해졌다.

"그나저나, 코로나 땜에 걱정이네요."

지연 아빠가 걱정스런 얼굴로 아빠를 쳐다보았다.

"그래 봤자 뭐, 곧 잠잠해지겠죠. 지구환경이 파괴되고 온난화가 가속되면서 메르스, 신종플루, 그리고 그 뭐죠, 사슨가, 계속 발생했지만 금방 사라졌잖아요. 이번에도 뭐, 그리 오래가겠어요? 정부에서도 발 빠르게 움직이고 있으니."

아빠가 아는 척을 하자, 지연 아빠가 고개를 끄덕이며 가게로 들어갔다. 메르스, 신종플루, 사스, 정말 계속 오긴 왔구나. 하긴, 사스 오고 학교 안 갈 때 난 지연이하고 텅 빈 에버랜드 가서 놀이기구를 엄청 탔다. 그런데 이번 전염병은 눈치 제로다. 학교 갈 때 침공을 해야 쉴 수가 있는데. 아니면 이대로 쭉, 개학 때까지 갔으면 좋겠다. 아, 참 나 고딩 되지. 명색이 고딩인데 학교는 가 봐야지. 학교 배정 끝나면 중학교 때처럼 지연이랑 같이 교복 사러 가야겠다.

하늘이 우중충하게 내려앉았다. 거리에 지나다니는 사람들은 마스크를 쓴 채, 쫓기듯 바삐 걸었다. 거짓말처럼 노래방에 손님이 뚝, 끊겼다.

"걱정 마, 얼마나 가겠어. 곧 괜찮아질 거야."

아빠가 스스로를 위로하듯 말했지만 찡그린 이마에 주름은 더 깊어졌다. 아빠가 가게에 나가기 전, 내 방에 들어와서 말했다.

"아들, 요즘 노래방에 손님 별로 없으니까, 네가 좀 봐라. 아빠는 인부들 일하는 데 좀 가 봐야지. 주인이 지켜보고 있어야 제대로 한다니까. 그리고 오늘 뉴스 보니까 확진자 엄청 나왔더라. 너도 어디 돌아다니지 말고 조심해."

"왜 또 나야? 아빠가 앱으로 보고 있잖아."

"일하는데 앱만 들여다보고 있을 순 없잖아."

"에휴, 알았어. 아빠도 마스크 절대 벗지 마. 비말로 감염이 된다니까."

그래, 피시방이 완벽하게 변신할 때까지 틈틈이 노래방 봐 주는 것쯤이야. 나는 현관까지 따라 나가며 마스크를 쓴 아빠 콧등을 손으로 꼭꼭 눌러 주고 들어왔다.

지금은 전국적인 마스크 대란이 진행 중이다. 마스크에 고3의 운명이 걸린 듯, 엄마는 누나를 위해 아침마다 마스크 사냥에 나섰다. 오늘 새벽엔 엄마의 닦달에 못 이겨 약국까지 가서 한 시간 줄서서 5장씩 받아 왔다. 내가 학원 갔다 와서 마스크를 버리려고 하면 깨끗이 씻어서 한 번 더 쓰라고 하면서 누나에게는 무조건 새 마스크를 상납한다. 우리 집 마스크는 오직 누나를 위한 희귀품이다. 진짜 마스크 한 장에도 이렇게 밀려나야 한다니, 내가 생각해도 참 한심한 떨거지 인생이다.

이른 점심을 먹고 집을 나서는데 가는 눈발이 나부꼈다. 노래방에 도착하니 눈발이 굵어져 몽글몽글한 눈송이로 바뀌었다. 세상은 온통 마스크를 쓴 인간들이 죽을상을 하고 있는데 하늘은 눈치도 없이 이렇게 예쁜 눈을 잘도 뿌려 댄다. 갑자기 지연이가 보고 싶어졌다.

— 눈 온다, 모해?
— 아빠 염색
— 끝나고 나올래? 지하
— 애들이랑 독서실 약속 있어

이렇게 함박눈이 쏟아지는데, 웬 독서실? 그리고 독서실 가려면 나를 불러야지, 왜 지 맘대로 애들이랑 가는데. 눈송이를 바라보며 혼자 투덜투덜대다가 계단을 내려갔다. 노래방 문을 여니, 다 빠지지 않은 페인트 냄새가 코에 훅, 달려들었다. 빈 공간에 갇혀 있던 공기마저 썰렁해서 온풍기를 켰다. 노래방 구석구석을 살피며 정돈

했다. 다시 봐도 블링블링하고 멋진 노래방이다. 그럼 뭐 해, 손님이 없는데. 1번 룸에 들어가 조명을 켰다. 번쩍번쩍 잘도 돌아간다. 내 친김에 노래방 기계를 켜고, 마이크를 잡았다. 아무 노래나 불렀다. 괜히 마음이 울적해져서 고래고래 소릴 질렀다. 그래도 시원하지가 않다. 밖으로 나가서 쏟아지는 눈송이를 멍청하게 쳐다보았다. 1층 지연이네 엄마손식당도, 그 옆에 충무건어물가게도, 빛나헤어숍도 손님이 보이지 않았다. 2층에서 피시방 공사하는 소리만 요란하게 들렸다. 다시 노래방으로 내려와 멍하니 앉아 있었다. 아무도 안 온다. 누군가를 기다리는 일이 너무 힘들다는 생각이 들었다. 일어나 서성거리다 태민이에게 전화를 했다.

"노래방 올래?"

"지금? 지연이도 있어?"

"지연이한텐 관심 끄시지."

"왜, 나도 지연이 친군데."

"됐어, 미친놈아. 그냥 짜져 있어라."

기분이 팍 상해서 전화를 끊었다. 감히 나의 지연이한테…. 화가 났다. 그러다 유딩 친구한테 너무 심했나, 미안한 생각이 들었다. 다시 전화를 할까 머뭇거리는데 깨톡, 지연이다.

— 어디?

— 노래방

— 내려갈까?

— 독서실 간다며?

— 코로나 때문에 약속 취소

오, 완전 횡재다. 왕관 모양 바이러스라더니 코로나가 왕관처럼 품위 있고 우아하게 이런 선한 일도 하는구나. 태민이에게 미안했던 마음은 삽시간에 사라지고 나는 무한 감동 속에 물개박수를 날렸다. 이내, 발자국 소리가 탁탁 나더니 지연이가 생긋 웃으며 문을 열고 들어섰다.

"손님 한 명도 없어?"

"응, 너희 가게는?"

"우리 가게도 배달 몇 개뿐이야. 다음 주부터는 일하는 이모도 안 나와. 장사가 안 되니 인건비 땜에 엄마가 힘들어도 아빠하고 둘이서 한다고."

"아니, 왜 고객님들은 안 오고 지랄이야."

"그니까. 이렇게 반짝반짝 아름답고 찬란한 노래방에도 손님이 안 오잖아."

"야, 손님 없이 혼자 앉아 있으니 감옥같이 답답해. 찬란한 감옥. 아, 아. 지금 기완이와 지연이는 찬란한 감옥에 갇혀 있습니다. 자,

지연 씨 감옥에 갇힌 소감이 어떻습니까? 한마디 하시죠."

"네, 당장 이 감옥을 해체하고 싶습니다. 아, 진짜 이 죽일 놈의 코로나를 어떡해야 합니까. 방금 전, 울 엄마 아빠가 울상을 지었습니다. 히히, 야, 노래나 해 봐."

지연이 키득키득 웃으며 마이크를 밀었다.

"이때껏 불렀어. 네가 할래?"

지연이 눈꼬리가 싹, 올라갔다. 아 놔. 얜, 노래하는 거 싫어하는데 깜빡했다. 장르 불문, 온갖 노래를 다 들으면서 절대 부르지는 않는다. 자긴, 절대 음치라나.

하루에도 몇 번씩 재난문자로 코로나 감염자 숫자가 날아왔다. 변두리 산동네인 우리 동네에도 코로나 감염자가 발생했다는 소식이 들렸다. 우리 옆 동네 노래방에서 감염자가 무더기로 나왔다는 문자도 날아왔다. 모든 게 다 엉망진창이 되었다. 대학생이 되었는데 캠퍼스를 누려 보지도 못한다고 누나는 징징거렸고, 문화센터에 나가지 못하는 엄마는 답답해서 미치겠다고 불평이다. 멋지게 변신한 싱싱 코인노래방과 레인보우 피시방에서는 가물에 콩 나듯 오는 손님을 기다리며 아빠가 우거지상을 하고 있다. 나도 등교하는 날보다 줌 수업이 많으니 일상이 뒤죽박죽이 되었다.

"안 되겠다, 아들. 난 열불 나서 도저히 못 내려가겠다. 노래방은 아예 네가 맡아라."

싫다고, 할 일 없이 집에만 있는 엄마를 시키든지, 아님 나하고 누나하고 번갈아 시키든지 왜 나만 가지고 그러냐고, 코인으로 바꾸자고 한 것도 엄만데 엄마 보고 책임지라고 하라며 불퉁거렸지만 아빠가 손을 내저었다.

"야, 아무리 어려운 때라고 해도 그렇지, 우리 집의 안녕은 우리 남자 둘이서 책임져야지 어떻게 엄마랑 누나한테 맡기냐? 그리고 엄마 가게 나갔다가 스트레스 받아서 병이라도 나면 어떡할 거야?"

이 난리 통에도 아내를 향한 일편단심은 변함이 없다. 내가 말을 말아야지. 물론, 나도 안다. 아빠가 유전적으로 샘솟는 여성 보호 본능으로 여존남비의 가정을 만들고 예스맨이 된 게 아니라는 것을. 아빠 이야기를 빌리자면, 아빠 기억 속에 남아 있는 아빠의 엄마, 그러니까 할머니는 몸이 아파서 늘 누워 지냈다고 한다. 그러다가 아빠가 초등학교 4학년 때 돌아가셨는데 늘 아픈 엄마를 보고 자란 아빠의 머릿속에는 여자라는 존재는 병약해서 보호해야 한다는 생각이 도장처럼 꾹, 새겨져 있다는 것이다. 그래서 건강하고 씩씩하게 살아 주는 아내가 고맙고 아내만 있으면 행복하다는 것이다. 아빠의 이런 트라우마에서 비롯된 아내 사랑은 이해되지만 그렇다고 나까지 얽는 건 말이 안 된다.

"아침에 오픈 시간 되면 나가서 셔터 올리고, 불 켜 놓고, 낮에 한 번씩 돌아보고, 저녁에 문 닫으면 돼."

"나도 바빠. 줌 수업 듣고 학원도 가야 해."

"그니까, 앱으로 보고 있다가 학원 갈 때 잠깐 들르라고."

아무리 장사가 안 되어 열불이 나도 그렇지 2층 피시방에서 계단 몇 개만 다다닥 내려가면 될 것을 왜 굳이 나한테 맡기려 하는지 모르겠다. 하긴, 두 여인들이 거실에서 뒹굴 거리며 드라마 몰아보기, 손톱에 스티커 붙이기, 너튜브로 화장 스킬 배우기, 다이어트 체조 등으로 깔깔거리며 온 집을 점령하고 있으니 노래방으로 피신하는 것도 괜찮을 것 같았다. 나도 형이나 남동생이 있었으면 좋겠다, 생각하면서 신발을 신는데 엄마가 물었다.

"어디 가니?"

"왜?"

"야, 성기완 많이 컸다. 엄마가 묻는데, 왜?"

또 누나가 시비를 건다. 머리엔 치렁치렁 헤어롤을 매달고.

"아빠가 노래방 보란다, 왜!"

내가 입을 삐죽 내밀자 엄마가 혀를 끌끌 찼다.

"쯧쯧쯧, 어릴 때는 안 그러더니 커 가면서 어떻게 눈만 마주치면 싸우니? 이 세상에 남매라곤 너희 둘뿐인데, 부모 앞에서 싸우는 게 얼마나 불효인지 아니? 자꾸 이러면 엄마 정말 속상해!"

우리 둘을 번갈아 보며 새된 소리를 하는 엄마에게 누나가 쌜쭉하게 말했다.

"쟤가 좀 컸다고 누나한테 기어오르잖아. 엄마 아빠가 뭐라고 좀 해. 그냥 풀어 놓으니 아주 버르장머리가 없어."

"쳇, 너나 잘하세요."

내가 혀를 쏙 내밀고 문을 닫자 누나의 빽빽대는 소리가 따라 나왔다.

"야, 성기완 너, 이리 와 봐. 저게 누나한테 진짜…."

나도 누나한테 이러면 안 된다는 것쯤은 안다. 그런데 엄마 아빠가 누나 편만 드니까 화가 나서 더 그런 것 같다. 어릴 때, 예쁜 누나가 얼마나 좋았는데, 뭐든 누나가 하는 일은 최고였는데, 친절하고 따뜻하고 착한 누나였는데. 갑자기 가슴이 먹먹하고 목구멍이 간질간질했다.

"어디 가?"

지연이다. 신호등 앞에서 딱 마주쳤다.

"노래방."

"같이 가자. 나도 심심해서 도서관 갔다 오는 길인데."

지연이가 냉큼 내 팔짱을 끼고 쳐다보며 웃었다. 하아, 예쁘다! 누나도 지연이처럼 나한테 이렇게 활짝 웃어 주면 얼마나 좋을까. 왜 맨날 시키고, 지적하고, 따지고, 짜증만 내는 걸까.

지연이가 노래방 소파에 털썩 앉더니 가방에서 책을 꺼냈다.

"난, 책 읽을게. 이거 우리 학교 권장 도서야. 재밌겠지?"

제법 두툼한 책이다. 난 책이라면 딱 질색인데 지연인 책도 많이 읽는다. 그래서 똑똑한가? 나는 옆에 앉아서 핸드폰으로 웹툰을 보면서 지연이를 흘끔거렸다. 앱으로 보고 있을 아빠가 신경 쓰여서 지연이 옆에 딱 붙어 앉지도 못하겠다.

드르륵, 아빠 전화다.

"아들, 노래방 깨끗이 청소하고 전기 차단기 내려. 문단속 잘 하고. 낼부터 집합금지래. 당분간 영업하지 말라고 명령이 내려왔어."

깜짝 놀라서 되물었다.

"누가 그런 명령을 해? 우리 가겐데."

"코로나 확산을 막기 위해서 정부에서 내린 명령이야. 조금 있으면 문에다 집합금지 명령서 붙이러 온대."

"그럼 피시방도?"

"어."

뜬금없는 소리에 힘이 쭉 빠졌다. 아빠 목소리에도 힘이 빠져 있었다. 황당해하는 내 표정을 보고 지연이가 물었다.

"왜?"

"이제 가게 못 한대. 집합금지래. 너희 가게도?"

"몰라, 우리 엄마는 아무 말 없었는데."

지연이가 인터넷을 검색했다.

"아, 또 노래방에서 확진자 나왔구나. 아니다. 노래방, 피시방, 식당, 여튼 사람들 모이는 곳은 싹 다 금지네. 금지하라면 해야지 뭐."

나는 지금 심각한데, 얘는 딴소리를 하고 있다. 자기네는 가게를 한 개만 해서 그런가, 하는 생각이 퍼뜩 들었다. 성기완, 참 옹졸하다. 한 개든 두 개든 가게 문 닫으면 누구나 힘들다고! 부끄러움을 떨치려고 고개를 흔드는데, 핸드폰에 코를 박고 있던 지연이가 손을 번쩍 들며 소리쳤다.

"앗싸, 학원도 오지 말래. 코로나가 내 독서시간을 지켜 주는구나. 아, 뭐야. 인터넷으로 진도 나갈 테니까 시간 맞춰 들어오라고? 힝, 좋다가 말았네."

지연이가 혀를 쏙, 빼물고 동그랗게 빛나는 맑은 눈으로 나를 쳐다보았다. 이 심각하고 절망적인 상황에서도 지연이의 이런 모습이 어찌나 예쁜지 나도 모르게 입꼬리가 올라가며 손이 나갔다. 지연이가 깜짝 놀라 볼에 닿는 내 손을 쳐내고 머리통을 콕 쥐어박았다. 급 무안해진 나는 괜히 심술을 부렸다.

"지연아, 넌 너무 철벽이야."

"성기완, 매를 벌어라, 매를 벌어!"

지연이가 청양고추보다 맵게 톡 쏘고는 발딱 일어나 계단을 올라갔다. 아뿔사, 또 실수했다. 나, 왜 이러니? 후회와 자책 속에 가게를 정리한 후, 전기 차단기를 내렸다. 조용히 암흑 속에 갇히는 노래방을 한번 뒤돌아보고 천천히 계단을 올라왔다.

12

완전, 빈털터리다. 알바 대타 할 때는 그래도 노동력 제공 차원에서 나름, 떳떳하게 몇천 원씩 인 마이 포켓 했는데, 이제는 나올 구멍이 없다. 아, 시도 때도 없이 튀어가던 그때를 그리워해야 하나? 하긴 뭐, 밖에 나갈 일이 없으니 돈이 꼭 필요한 건 아니다.

집합금지 명령에 네 식구가 집에만 갇혀 지내게 되었다. 같이 있어도 일어나는 시간이 다 달라서 밥은 따로따로 알아서 찾아 먹는다. 이 와중에도 늘 흥겨운 건 엄마다. 엄마는 정말 긍정과 회복 탄력성을 타고 났는지 지치지도 않는다. 온종일 동동거리며 식구들 먹거리를 만들고 틈만 나면 아빠 옆에 붙어서 혀 짧은 소리로 온갖 아양을 떤다.

"여봉, 아~~ 맛있지, 맛있지, 그치?"

아빠는 엄마가 넣어 주는 과일을 붕어처럼 뻐끔뻐끔, 영혼 없이 받아먹는데 엄마는 연신 호호거리며 아빠 멘탈을 붙잡으려고 애쓴다. 나는 이 안쓰러운 풍경에 괜히 눈치가 보이기도 했다.

"나만 주지 말고 당신 먹어. 당신이 건강해야 내가 힘이 나지. 난 당신 아플까 봐 그게 제일 걱정이야."

"난, 괜찮아. 당분간 당신은, 아무 걱정 말고 푹 쉬어. 아님, 이참에 우리 둘이 어디 가까운 데 여행이라도 갈까?"

"코시국에 무슨."

아빠가 떨떠름해하자 엄마가 큰 소리로 방에 있는 누나를 불렀다.

"기수야~ 성기수. 엄마 아빠 여행 가고 싶은데, 괜찮을까?"

쳇, 나는 투명인간인가? 왜 누나한테만 물어봐? 배신감에 내 입에서 엉뚱한 소리가 튀어나왔다.

"나, 배고파. 먹을 거 없어?"

"아니, 아침 먹은 지 얼마나 됐다고. 여보, 쟤 배 속에 거지가 들었나 봐."

엄마가 놀리듯 깔깔댔다. 아빠는 무표정하게 나를 한번 쳐다봤다. 때마침 누나가 배를 문지르며 방에서 나왔다.

"엄마, 배고파."

누나 말이 떨어지기 무섭게 엄마가 반응했다.

"배고파? 뭐 먹고 싶어? 말만 해, 엄마가 만들어 줄게. 아니 시켜 줄까? 피자? 치킨?"

절절맨다, 아주 절절매. 진짜, 인간도 등급이 있나. 하긴, 학교에서도 성적으로 등급을 매기는데 식구라고 등급이 없을까?

"엄마, 난 몇 등급이야?"

"무슨 소리야?"

"인간 등급으로 몇 등급이냐고."

내 꼬인 심사를 누나는 금방 알아채고 눈을 흘기는데, 엄마는 이해를 못 한 듯 의아한 눈빛으로 쳐다보기만 했다. 그때, 아빠가 벌떡 일어나며 킬킬 웃었다.

"이 아빠가 말해 줄게. 우리 아들의 인간 등급은 바로, 1등급. 아니 특등급이지. 암, 특등급이고 말고. 인간성 좋지, 건강하지, 아빠잘 도와주지, 지연이같이 예쁜 여자 친구 있지, 공부만 좀 잘해 주면, 아니다, 공부 그까이 꺼, 좀 못하면 어때, 이 아빠가 있는데. 지금부터 사업 배우면 나중에 검은 페라리 타고 멋지게…"

아빠가 줄줄이 허풍을 늘어놓자 누나가 빽, 소리를 쳤다.

"탕수육 먹을래. 아, 빨리 탕수육이나 시켜!"

"어, 탕수육. 알았어. 지금 시킵니다요."

엄마가 쪼르르 달려가 싱크대 서랍에서 중국집 자석 광고지 몇 개를 들고 왔다.

"어느 집에 시킬까, 골라 주시오~~"

배고프단 소리는 내가 먼저 했는데, 나는 완전 투명인간 취급이다. 아니, 이건 완전 개무시다. 분노 게이지가 가파르게 상승하는데 누나가 팔짱을 낀 채 턱짓을 했다.

"네가 골라."

진짜, 저 거만하고 오만한…. 결국 뚜껑이 열리고 말았다.

"야, 너 보고 고르라잖아!"

내 목소리가 이렇게 컸던가? 순간, 누나 눈이 홱, 돌아가면서 입술이 파르르 떨렸다. 당장 달려들 기세다. 나도 주먹을 부르르 떨며 노려보다가 꽝, 문을 닫고 방으로 들어와 버렸다.

"어, 절마, 문 다 뿌쇠뿌겠네. 야, 성기완. 성기완, 나와 봐. 빨리!"

아빠가 부르는 소리에 어쩔 수 없이 다시 나가는데 쪽 팔리게 눈물이 비질비질 나왔다.

"왜요."

"성기완, 너 인마 불만이 있으면 말로 해야지, 아빠 앞에서 그렇게 문을 쾅 닫고 들어가면 어떡해? 글고, 사내 녀석이 속이 그리 좁아 터져서 어따 쓰냐. 누나가 모처럼 뭘 좀 먹겠다는데, 그게 그렇게 불만이야, 응?"

"내가 먼저 배고프다고 했잖아. 왜 무시하는데? 누나만 엄마아빠 자식이야?"

"무시는 누가?"

"씨이, 씨. 누난 먹고 싶다는 거 다 해 주면서 난 왜 안 해 주는데. 난, 일만 시키고. 누난 왜 안 시키는데. 내가 무슨, 씨이…"

울컥울컥, 복받치는 감정을 걷잡을 수 없어서 어금니를 꽉 물었다. 기어이 눈물이 흘러내렸다. 주먹으로 눈물을 찍어 내는데 흘겨보던 누나가 발끈해서 문을 쾅 닫고 들어갔다.

아빠 얼굴이 벌게져서 고함이 터져 나오려는 찰나, 엄마가 황급히 아빠 입을 틀어막았다.

"여보, 참아. 쟤가 그날이라 예민해서 그래."

낯빛이 변한 아빠가 누나 방을 한번 힐끗 쳐다보고는, 마스크를 챙겨서 문을 열고 나갔다. 엄마가 내게 다가와 손바닥을 모아 비는 시늉을 하며 울상을 지었다. 나는 엄마를 노려보며 씩씩대다가 밖으로 나왔다. 진짜, 집이 싫다. 누구 하나 내 편은 없고, 모두가 나를 무시하고 차별한다. 나도 식구로 인정받고 싶다. 이제 나도 양보하지 않을 거다. 까칠하고 사납게 굴 거다.

"어디 가?"

1층 현관문 앞에 우두커니 서서 철쭉꽃을 내려다보고 있던 아빠가 물었다. 나는 본 척도 안 하고 고개를 숙인 채, 그대로 직진했다.

"아들, 아빠 좀 보고 가. 아니다. 같이 가자."

아빠가 나를 쫓아와 내 팔을 붙잡고 상가에 있는 순댓국집으로 데려갔다. 순댓국과 편육 한 접시, 소주 한 병을 시킨 후, 물끄러미 나를 보던 아빠가 입을 열었다.

"기완아, 우린 남자잖아. 남자 둘이서 집에 있는 약한 여자 둘, 좀 받아 주면 안 되겠니?"

"약하긴 개뿔…."

"이 녀석아, 아빠가 늘 말했잖아. 엄마랑 누나는 우리가 보호하고 지켜 줘야 한다고. 엄마하고 누나가 그러다 병이라도 나 봐라. 그땐 우리 둘 어떻게 되겠냐? 네가 이해해라. 네가 아빠 열심히 도와준 덕분에 엄마도 건강하고, 누나도 대학 잘 갔고. 그럼 됐잖아. 아빠와 아들, 지금 우리 잘 하고 있는 거야. 그렇지?"

마침 음식과 소주가 나오자 아빠가 마스크를 벗고 소주를 두 잔 따랐다.

"자, 동지. 우리 동지끼리 오늘 한잔 합시다."

아빠가 소주잔을 내게 내밀었다.

"자꾸 동지, 동지 하지 마. 난, 동지 같은 거 안 해."

아빠가 잔을 든 채, 빙그레 웃었다.

"동지는 네가 선택할 문제가 아니야. 이건 아빠와 아들의 운명이야, 운명. 자, 동지가 주는 술이니, 마셔. 너, 아빠가 꼬불쳐 둔 소주, 한 잔씩 했지? 자, 술은 아빠 앞에서 배우는 거야. 괜찮아. 마셔."

젠장, 태민이 녀석의 죠스데이를 오해하고 있구나. 난, 소주를 거부하고 순댓국만 먹었다. 두 눈에 꼿꼿이 힘을 주는데도 왜, 자꾸

찔끔찔끔 눈물이 나오는지 모르겠다. 언제까지 우리 네 식구가 날마다 같이 붙어 있어야 하는지 암담하다. 언젠가 지연이가 가리키며 웃던, '가족이란 이름의 기저질환'이란 책 제목이 무슨 뜻인지 알 것 같다. 이래저래 속상하고 쪽 팔리고 재수 없는 날이다. 망할, 코로나!

13

장마가 시작되었다. 창문 사이로 비가 새 들어올 만큼 연일 세찬 비가 쏟아져 내렸다. 그렇지 않아도 집 안에만 갇혀 있는데 더 꼼짝 못 하게 됐다. 엄마는 마른 걸레로 연신 바닥과 문틀을 닦아 내면서도 달달한 얘기로 분위기를 띄웠다.

"여보, 이렇게 비가 오니까 우리 연애할 때 생각난다. 강릉 바닷가에서 말이야. 그때 기억나지? 비 억수로 오던 날, 당신이 나 업고 비 맞으면서 백사장 내달릴 때… 호호호. 당신 젖은 바지가 내려가서… 호호호호."

"흐흐. 그게 벌써 20년도 더 된 얘기다. 야, 그때만 해도 나 배짱 좋았지. 바지 벗어던지고 사각팬티 차림으로 당신 업고 뛰었으니."

뭐, 이렇게라도 엄마가 아빠의 한숨을 들어 주고 있으니 다행인 건가 싶다. 사실, 집합금지 명령과 해제가 반복되면서 아빠 가게는 서서히 망해 가는 듯했다. 나라에서 손실보상금이 좀 나왔지만 그걸로는 밀린 월세를 내기도 어려웠다. 장사가 안 된다고 가게 문을 닫을 수도 없고, 열어 놓아도 손님이 없으니 이럴 수도 저럴 수도 없는 처지가 되었다. 이런 답답한 얘기를 아빠는 동지라며 나한테 털어놓았다.

동그란 빗방울이 창문에 부딪쳤다가 사선으로 꼬물꼬물 떨어져 내렸다. 아빠는 베란다에서 깊은 한숨을 조용히 내쉬며 흘러내리는 빗방울을 쳐다보고 있었다. 나도 아빠 옆에 서서 떨어지는 빗방울을 쳐다보았다.

"아들, 대출이라도 좀 받아야겠다. 정부에서 소상공인들에게 긴급자금을 대출해 준단다. 내일 대출 신청을 하려면 오늘 저녁때부터 가서 줄을 서야 한다는데 같이 갈래?"

아빠의 푸석하고 꺼칠한 얼굴에 마음이 짠해진 나는, 기꺼이 아빠를 따라 나섰다. 시장통 끝에 있는 신용금고까지 걸어가는데 우산을 썼어도 바지와 신발이 다 젖었다. 이미 신용금고 앞에는 사람들이 길게 줄을 서 있었다. 날은 어두워지는데 줄은 점점 길어졌다. 우산 밑으로 마스크를 쓴 사람들 모습이 유태인을 다룬 영화의 한 장면처럼 어두하게 보였다. 격리 지역으로 가는 기차를 타기 위해 줄 서서 기다리는 무표정한 유태인들. 긴급자금 대출을 받기 위해 빗속에 마스크를 쓰고 줄지어 서 있는 소상공인들. 비 내리는 저녁, 세상은 저녁 만찬을 즐기고 있겠지만 우리 아빠 같은 소상공인들은 빗속에 격리된 채 조용히 슬픔을 삭이고 있다. 나는 우산을 비끼고 어둑하게 내려오는 하늘을 올려다보았다. 그래, 더 쏟아져라. 이 시장통도 가게들도 세상도 다 떠내려갈 때까지.

"인마들, 뭐 하는 짓이고. 번호표 나눠 주고 내일 아침에 오게 하면 될 것을, 이래 줄 서 있는 거 안 보이나?"

"철밥통들이 우릴 생각하나요?"

"목마른 놈들이 빗속에서 샘 파는 거지요."

사람들이 웅성웅성 불만을 토해 냈지만 아빠는 입을 꾹 다물고 있었다. 나는 아빠 옆으로 바짝 다가서며 물었다.

"아빠, 왜 은행에 안 가고 이리로 왔어?"

아빠가 쩝, 입맛을 다시며 대답했다.

"이미 은행에서 받을 수 있는 대출을 다 받았거든. 아파트 살 때, 피시방 리모델링할 때. 이젠 담보로 대출을 받을 수가 없어. 이것마저 못 받으면 사채를 써야 할 판이야."

"영화에서 빌런들이 돈 안 갚는다고 무쟈게 패고, 장기 적출한다는 그 사채?"

내가 깜짝 놀라서 쳐다보자 아빠가 쓴쓰레하게 웃으며 고개를 끄덕였다.

"그래 그 사채, 개인 사채업자들이라 이자도 엄청 세고."

"안 돼, 그런 건 쓰지 마."

"그러니까, 이렇게 줄 서는 거잖아. 뉴스 보니 스위스에선 신청하고 한 시간도 안 돼서 통장으로 쏴 준다던데, 인터넷 강국이라는 나라에서 똥개 훈련시키는 것도 아니고 참!"

아빠가 드디어 불만을 토해 냈다. 아빠 말을 들었는지 뒤에 있던 검은 모자 아저씨가 끼어들었다.

"하모요, 똥개 훈련 맞지요. 이거 그냥 주는 것도 아니고, 우리가 낸 세금으로 대출해 주는 긴데, 세금으로 월급 받는 공무원들이 밤중에라도 나와서 긴급으로 처리해 줘야 하는 것 아니요?"

"공무원들도 코로나 때문에 안 하던 일 하려니 많이 힘들 거예요."

아빠가 슬며시 누그러지자 아저씨 목소리도 낮아졌다.

"그래도 마, 따박따박 월급 받는 넘들이 우리 사정 봐줘야 하는 거 아닝교? 하긴, 돈 없고 빽 없는 우리 같은 놈들이 불쌍치요. 근데, 아저씨는 무슨 사업 하능교?"

"전, 뭐, 피시방하고 노래방하고."

"아이고야, 두 개씩이나 했으모 직격탄 맞아 뿐네요. 지는 쪼매난 꼬치구이집 하나 하는데, 월세도 못 내고 있으니 마, 죽을 맛입니다. 근데, 인마들은 언제 나올란고?"

아저씨가 한 손으로 얼굴을 쓰다듬으며 입을 쩍, 벌려 하품을 해댔다.

"아빠는 태민이 아빠처럼 회사에 다니거나 아님, 공무원 같은 걸 하지 왜 가게를 해 갖고 이렇게…."

빗소리에도 아빠는 불퉁거리는 내 소리를 들은 모양이다.

"아들, 나도 그러고 싶다. 그런데 취직을 할래도 누가 써 줘야 말이지. 회사도 경력이 있어야 들어가는데, 가게만 하던 인간이 뭘 알아야 하지. 공무원도 그래. 경쟁이 장난 아니야. 몇백 대 일이라는데 어떻게 거길 뚫고 들어가겠냐. 나이도 있는데."

혼잣말처럼 중얼거리는 아빠 표정이 무척 쓸쓸해 보였다. 어쨌거나, 난 가게 같은 건 절대, 안 할 거다. 검은색 페라리는 못 타더라도, 꼬박꼬박 월급 받는 곳에 취직할 거다. 아빠처럼 장사 걱정 하지 않아도 되는 그런 곳.

어둠이 짙어지면서 세차던 비가 점점 가늘어진 대신 물기를 머금은 바람이 찼다. 어깨가 오싹거렸다. 고개를 빼고 앞뒤를 훑어보니 애들은 없고 전부 아저씨 아줌마들이다. 나는 아빠가 아저씨와 얘기하는 틈을 타서 걸음을 옮겼다.

"나, 추워서 먼저 간다."

혼자 길을 걷는데 자꾸만 목이 움츠러들고 오소소, 몸이 떨렸다. 내 마음속에도 추적추적 비 같은 게 내리는 것 같았다.

간밤에 가늘어졌던 비가 아침이 되니 다시 세차게 내렸다. 밖으로 나가 보니 엄마는 세탁실에 있고 아빠는 혼자 식탁에 앉아서 아침을 먹고 있었다. 나는 아빠 앞에 앉으며 물었다.

"아빠, 대출신청 했어?"

"어, 오늘 오후면 통장으로 입금된대."

아빠 두 눈두덩이가 푹, 꺼져 있고 눈이 게슴츠레했다. 밤을 새우고 온 것 같았다.

아빠가 딱 나한테만 들리게 목소리를 낮췄다.

"아빠, 밥 먹고 건물주 만나러 가. 몇 달 동안 장사도 못 했는데 월세 좀 깎아 달라고 말해 보려고. 안 되면 폐업하고 가게 내놓고."

"폐업?"

"방법이 없잖아. 월세 밀린 게 벌써 천만 원이 넘고, 또 노래방은 문 닫아도 매달 저작권료는 꼬박꼬박 나가고, 긴급자금 대출 받아 봤자 밀린 거 주고 나면 남지도 않아. 이렇게 손 놓고 있다간 정말 우리 식구 손가락 빤다."

손가락을 빤다고? 정말 우리 집이 그렇게 가난해진 거야? 도대체 이놈의 코로나는 언제 끝나는 거야. 아빠가 약속 시간이 다 됐다고 서둘러 나가고 나는 침대에 널브러졌다. 에라, 모르겠다. 피시방도 노래방도 안 하니, 좋네. 급하게 뛰어간 일도 없고, 청소 안 해도 되고. 뭐, 가난해지라 그래. 내가 알게 뭐야. 내일 지구의 종말이 오더라도 한 그루의 사과나무를 심는다고? 미친, 어차피 끝날 텐데 무슨 사과나무씩이나. 그딴 거 안 하고 이렇게 침대에서 뒹굴뒹굴 하다가 조용히 사라지면 될 것을. 혼자서 머리를 잡아 뜯고 있는데, 엄마의 다급한 목소리가 들렸다.

"기완아, 빨리 나와 봐."

"왜 그래?"

내가 시큰둥해하며 나가자, 냉장고 앞에 쪼그리고 앉아 걸레질을 하던 엄마가 손을 내저었다.

"아고, 물천지야, 물천지. 저쪽 좀 닦아 봐."

"또 고장이야? 지난번에 에이에스 안 불렀어?"

"불렀는데 쓸 수 있을 때까지 쓰고 버리래. 이십 년 가까이 썼으니 이제 수명이 다 됐다나 봐. 모터가 나간 것 같아."

"아, 빨리 좀 바꿔."

"얘는 지금 돈이 어딨니? 어디 중고라도 알아봐야지."

"우리 집 망했네, 망했어."

"무슨 말을 그렇게 해? 망하긴 왜 망해. 살아 내다 보면 또, 살아나지."

엄마가 허리를 펴고 하아, 숨을 내쉬며 맥없이 웃었다. 저, 대책 없는 긍정의 아이콘! 냉장고에서 흘러내린 물을 다 닦아 내고 방으로 들어서는데 삑삑, 현관 키 누르는 소리가 났다. 엄마가 재빨리 목소리를 깔며 말했다.

"아빠한테 냉장고 얘기 하지 마. 힘 빠지니까."

"어차피 알게 될 텐데 뭐."

"그래도, 아빠 숨이라도 좀 쉬게 해 주자."

나는 동의의 눈빛으로 고개를 끄덕였다. 참, 돈이 없으니 삶이 후줄근하다. 냉장고가 고장 나도 고장 났다고 말도 못 하고. 이때껏 생각해 보지도 않은 돈, 가게 금고에 언제나 있었던 돈, 그게 사람을 이렇게 초라하게 만들고 있다.

"뉴스에는 종종 착한 건물주들도 나오더구만, 우리 건물주 노인네는 손톱도 안 들어가. 계약 기간 남았으니까 나가려면, 우리가 알아서 가게 빼 가지고 나가래. 월세는 한 푼도 못 깎아 준다고. 자기들도 월세 받아서 대출 이자 갚고 먹고살아야 한다나."

엄마가 씩씩대는 아빠 어깨를 손으로 가만가만 다독였다.

"여보, 어쩔 수 없잖아. 그리고 정부에서 또, 집합금지 보상금 준다잖아."

"이번에는 또 몇 푼이나 나올지. 나 같은 자영업자가 수백만일 텐데 충분할 수 있나. 이제 갈 데가 없다, 정말."

아빠가 물을 벌컥벌컥 들이켰다.

"여보, 너무 걱정하지 마. 설마 산 입에 거미줄 치겠어. 그리고 곧 이 지겨운 코로나도 끝이 나겠지."

"알았어. 아침에 몸살기 있다더니, 지금은 좀 어때?"

"비가 오니까 몸이 찌뿌듯해서 그래. 쌍화차 먹고 좀 쉬었더니 괜찮아졌어. 빨리 옷 갈아입어. 아이고, 바짓가랑이가 다 젖었네."

짐짓, 명랑한 척하는 엄마 얼굴에 어색한 억지웃음이 번졌다. 냉장고 때문에 그 난리를 쳤는데도 이제야, 부스스 일어난 누나가 문을 열고 나오며 오만상을 썼다.

"엄마, 방이 왜 이렇게 썰렁해? 습하고. 보일러 좀 틀어. 잠도 제대로 못 잤잖아."

"어, 보일러 튼다는 게 깜빡했네."

엄마가 보일러를 틀러 급히 달려갔다.

"아빠는 가게 안 나가?"

"…어, 나가야지."

아, 진짜, 세상이랑 담 쌓은 거야? 아빠 가게에 파리 날리고, 냉장고도 셧다운됐는데, 방구석에서 혼자 도를 닦으시나. 거기다 아무렇지도 않게 뭉개고 있는 아빠의 의뭉은 뭐고, 엄마는 왜 누나한테 거짓말이야. 내가 보일러 좀 틀자고 하면 여름인데 뭐가 춥냐, 운동 좀 하면 열이 난다, 난방비 많이 나오면 네가 낼래, 하더니. 정말 부글부글 끓어오른다. 나는 참지 못하고 화장실 문을 열고 들어가는 누나 뒤통수에 대고 소리쳤다.

"누난 뭐야? 지금 집이 어떻게 돌아가는지도 모르고. 아빠 가게

망해 가고 보일러도 못 틀 형편이라고!"

내 소리가 화장실 물소리에 묻혔는지 잠잠했다. 아빠가 소파에서 벌떡 일어나 검지를 입에 갖다 대며 이마에 내 천 자를 그렸다. 엄마가 깜짝 놀라며 내 등을 밀었다.

"왜, 내가 뭐 못 할 소리 했어? 왜 누나한테 그렇게 벌벌 떠는데?"

아빠가 내 방으로 들어와서 씩씩대는 어깨를 누르며 조그맣게 잇소리를 냈다.

"성기완, 조용히 좀 살자, 응?"

"아빠… 도대체 왜 누나한테 그렇게 기어?"

"기긴, 누가 겨. 얘기해 봤자 시끄러우니까 그렇지. 제발 쫌."

고3 때는 고3이라고, 대학생 되니 대학생이라고, 도대체 같은 집에서 밥 먹고 사는 식구인데 왜 누나만 배려해 주고 특혜를 주는지 아무리 생각해 봐도 모를 일이다.

"딸, 보일러 틀었어. 금방 따뜻해질 거야."

엄마의 나긋한 목소리가 부욱, 내 마음에 스크래치를 냈다. 나, 지금 쪼잔하게 누나를 질투하는 거임? 아니다. 난 사실을 사실대로 말했을 뿐이다. 식구라면 알아야 할 이 기막힌 현실을.

14

끝이 나지 않을 듯 계속되던 지루한 장마가 뭔 일을 낼 줄 알았
다. 일찍 가게에 나간 아빠가 엄마에게 전화를 했다. 전화를 받은
엄마가 소리를 질렀다.

"기완아! 아빠가 빨리 가게로 오래. 노래방에 물이 차서 야단났나
봐. 이게 도대체 무슨 일이래?"

"가게에 물이 왜 차?"

"몰라, 자세한 건 나도 몰라."

엄마가 두 주먹을 쥐고 바르르 떨었다.

"물이 찼으면 퍼내면 되지, 왜 나보고 오래. 엄마도 같이 갈 거
야?"

"어쩐다니…"

넋 나간 사람처럼 멍한 엄마를 뒤로하고 노래방으로 갔다.

"야, 빨리빨리!"

가게에 이르지도 못했는데 노래방 계단에 한 발을 걸친 지연이가 고무장갑 낀 손을 마구 흔들어 댔다.

"야, 이런 상황에 굼벵이같이 느릿느릿… 빨랑 내려가 봐!"

지연이가 호들갑스럽게 소리치며 이마에 붙은 머리카락을 입으로 불었다. 계단을 내려가니 이미 가게는 물바다였다.

"자, 이쪽으로 쓸어!"

아빠가 플라스틱 빗자루를 내 앞으로 던지며 소리쳤다. 고개를 빼고 안을 들여다보니 지연이 엄마 아빠와 1층 헤어숍 아줌마까지 비질을 하고 쓰레받기로 물을 퍼내느라 분주했다. 비로소 상황이 파악되면서 정신이 번쩍 들었다. 나는 안에서 나오는 물을 양동이에 쓸어 담고 계단 위로 올라와 길에 버렸다. 어떻게 이런 일이….

"기완아, 엄마가 할게."

언제 왔는지 엄마가 쓰레받기를 들고 물을 퍼 담았다. 나는 쓸고 엄마는 담고, 양동이를 들고 오르내리고. 미친 듯이 물을 퍼냈다. 얼마나 용을 썼는지 땀이 비 오듯 흘러내렸다. 드디어 바닥이 보이기 시작했다. 룸에도 어느 정도 물기가 잡혔다. 지연이 엄마 아빠와 헤어숍 아줌마가 허리를 펴며 후유, 깊은 숨을 내쉬었다. 빗자루를 든 아빠가 이웃들을 향해, 고개를 숙였다,

"고맙습니다. 이제 뒤처리는 제가 할 테니 올라가 보시죠. 아침부

터 모두들, 정말 고생 많으셨어요."

물에 흠뻑 젖은 지연이 아빠가 손등으로 얼굴을 닦으며 걱정스레 말했다.

"고맙기는요. 근데, 하수구가 역류한 것 같지요? 비가 너무 많이 쏟아지니 하수구에서 물을 다 받아내지 못한 것 같네요. 지하라서 더 그런 것 같고. 기계도 물에 잠긴 것 같은데 괜찮을까요?"

"글쎄요, 물기가 걷히면 한번 봐야죠."

아빠가 연신 고개를 숙여 감사 인사를 하고, 양손을 벌려서 이웃들을 배웅했다. 엄마도 고개를 숙이며 감사를 표했다. 모두들 돌아가고 우리 식구와 지연이만 남았다. 지연이는 쪼그려 앉아서 물기가 남아 있는 바닥을 꼼꼼하게 걸레로 닦았다. 나는 지연이에게 눈빛으로 고마움을 표하며 이제 그만하라는 신호를 몇 번이나 보냈지만 지연이는 배시시 웃기만 했다. 저런 천사표가 어디 있을까? 난 이 은혜를 잊지 않고 꼭 갚을 거다.

"여보, 어떡해. 아유, 당신 옷에서 물이 줄줄 흘러."

엄마가 빗자루를 던지고 아빠 옷을 매만지며 매달렸다.

"지금 옷이 문제가 아니야. 기계가 고장 났으면 정말 큰일인데. 이제 비는 좀 그쳤지? 비가 더 오지 말아야 하는데…."

아빠가 기계를 들여다보며 걱정을 하자, 지연이가 또랑또랑하게 말했다.

"아저씨, 우선 옷부터 갈아입으세요. 감기 걸리면 안 되잖아요."

"지연이 말이 맞아. 빨리 옷부터 갈아입어요."

아빠가 마지못해 허리를 펴고 지연이를 보며 희미하게 웃었다.

"지연아, 고마워! 오늘 정말 수고 많았어. 어쩜 지연인 이렇게 싹싹하고 예쁠까!"

엄마가 지연이를 칭찬하자 나는 기분이 좋아서 지연이에게 눈을 찡긋했다.

물기를 잡고 보니 상황이 정말 장난이 아니다. 특히, 1번 룸은 물이 찼던 벽이 다 들떠 있었다. 화장실도 구정물에 잠긴 듯 누렇게 색이 변해 있었다.

"진짜 큰일이다. 어쩐다니?"

엄마가 다리에 힘이 풀리는지 그 자리에 쪼그리고 앉았다.

"엄마도 옷 다 젖었네. 일단 빨리 집에 가자."

나는 엄마 손을 잡고 계단을 올라왔다. 비는 그쳤지만 진회색 하늘은 아직 열릴 생각이 없어 보였다. 우리 세 식구는 입을 꾹 닫은 채, 집으로 돌아왔다.

오후 들어 차츰 날이 개고 해가 비치기 시작했다. 아빠와 나는 노래방 기계들을 한곳으로 모으고 급한 대로 에어컨, 선풍기, 드라이기까지 동원해서 말렸다. 기계가 있던 벽 쪽에는 페인트가 물에 불어서 떨어져 나가거나 부풀어 올라 얼룩덜룩했다. 아름답고 찬란했던 노래방이 하룻밤 새 이렇게 되었다고 생각하니 뭔가 울고도 싶고, 웃고도 싶고, 기분이 이상했다.

다음 날, 학원에 가다가 피시방 계단을 내려오는 아빠랑 마주쳤다. 아빠가 손에 종이 한 장을 들고 지하로 내려갔다. 나도 아빠 뒤를 따라 내려갔다. 아빠가 프린트해 온 종이를 문에 붙였다.

싱싱 노래방을 이용해 주신 고객 여러분께 알립니다.
그동안 집합금지 명령으로 인해 피해가 컸는데
금번 장마로 침수 피해까지 입어 당분간 영업을 쉬게 되었습니다.
널리 양해 바랍니다. 감사합니다.

아빠가 종이를 쳐다보고 있는 내 등을 말없이 두어 번 두드려 주고 올라갔다. 나는 우두커니 서서 상갓집 조문처럼 붙어 있는 글자들을 바라보았다. 나도 모르게 눈가에 물이 차올라서 어금니를 꽉, 물었다.

15

줌 수업이 끝나고 피시방에 갔다. 문을 열고 들어서니 아빠가 창문 쪽에 서서 통화를 하고 있었다.

"아버지, 걱정 마세요. 살다 보면 또 살아나겠지요. 진짜 이렇게까지 될 줄 몰랐어요. 예, 기완이요? 기완인 잘 있죠. 그래도 그 녀석이 있어서 제가 힘이 나요. 아빠 어려운 거 알고 이번 달부터 학원도 그만두겠다고…. 예, 그렇지만 내놓는다고 어디 쉽게 팔리겠어요. 예, 땅 문제는 아버지가 알아서 하세요. 아버지 죄송해요, 걱정 끼쳐 드려서…. 예, 아버지 건강 잘 돌보시고 잘 좀 챙겨 드세요. 예, 예. 그만 들어가세요."

전화를 끊은 아빠가 두 손으로 머리를 움켜쥐고 벽에 비볐다. 내가 들어가는 소리를 못 들은 모양이다. 나는 그만 나갈까 하다가, 시침을 떼고 다가갔다.

"아빠?"

"어, 어… 왔어?"

아빠가 불안한 미소를 지으며 시선을 피하는데 얼핏 보니 눈이 발갰다. 아빠도 울 수 있구나, 태어나서 처음으로 알게 된 사실에 민망해졌다. 내가 얼버무리듯 웅얼거리며 돌아서는데 아빠의 쉰 목소리가 발길을 잡았다.

"아들, 어떡하냐? 희망이 없다, 희망이 없어. 더 버틸 힘도 없고…"

내가 아무 말도 못 하고 우두커니 서 있자 아빠가 말을 이었다.

"이렇게 장사가 안 되니 이제 문 닫을 일만 남은 것 같다. 오늘도 손님 네 명. 가게를 열면 열수록 적자야. 그렇다고 폐업을 하자니 리모델링한 거 한 푼도 못 건지고 다 날아가고. 또, 가게 원상복구 해 놓으려면 철거하는 데도 몇백만 원 들고…. 진짜, 사방이 다 막혔다. 아…"

머리를 감싸고 고개를 젖히는 아빠 얼굴이 고통스럽게 일그러졌다. 나는 울렁거리는 속을 얕은 숨으로 눌렀다.

"철거를 해야 돼?"

"폐업하고 가게를 내놓으려면 이거, 리모델링한 거 다 싹, 뜯어 내고 빈 공간으로 돌려놔야 해. 그러려면 철거 업체에 맡겨야 하는데 그것도 돈이 많이 들어. 사람이 어떻게 이렇게까지 궁지에 몰리냐?

진짜 답이 없다, 답이 없어."

한 손으로 벽을 짚고 서서 고개를 젓는 아빠의 허탈한 미소에 물기가 돌았다.

"그래서 할아버지한테 도와 달라고 한 거야?"

"아니, 할아버지가 먼저 전화를 했길래…. 할아버지가 땅이라도 팔아서 돕겠다고 하는데 시골 땅이 쉽게 팔리겠냐. 그리고 조상 대대로 내려온 땅을 팔기도 그렇고. 아, 정말 미치겠다."

나도 높은 벽 앞에 마주 선 듯 숨이 콱 막혔다. 아빠가 이렇게 힘든데 동지인 나는 뭘 어떻게 해야 하나. 눈앞이 뿌예지면서 가슴에 바위가 얹힌 듯 답답해졌다.

며칠 후, 지연이와 같이 길을 가는데 저쪽, 편의점 앞에 눈에 익은 모습이 보였다. 갑자기 심장이 쿵, 내려앉으면서 발길이 딱 멈춰졌다. 머뭇머뭇하는 사이, 지연이가 먼저 손가락으로 가리켰다.

"야, 저기!"

아빠였다. 편의점 앞에 오토바이를 세워 놓고 삼각 김밥을 욱여넣고 있는 사람은 분명히 아빠였다. 배달 알바를 한다더니 밥 먹을 시간도 없나 보다. 두 입 만에 김밥 한 개를 다 밀어 넣은 후, 고개를 젖히고 캔 커피를 쏟아 부었다. 식사가 아니라 그냥, 배고픔을 달래려고 삼키는 거였다. 콧등이 시큰해지면서 가슴이 먹먹해졌다.

"가자."

나는 가던 길에서 되돌아섰다.

"야아."

지연이가 뒤따라오며 꽁알거렸다. 나는 말없이 곧장 걸었다. 목덜미에서 식은땀이 흘러내렸다.

"성기완, 완전 실망이다. 왜 아저씨 보고 피해? 배달 알바 하는 게 부끄러워? 쪽 팔려? 우리 아빠도 요즘 막노동하러 나가는데. 너 진짜, 그러면 안 되는 거야. 아빠를 봤으면 뛰어가서 인사라도 해야지. 가게 접고 알바하는 사람들이 얼마나 많은데. 너 어쩜 애가 그렇게…."

"가만히 좀 있으라고! 알지도 못하면서!"

나도 모르게 화가 나서 소리를 빽, 질렀다. 지연이가 쌩, 하고 돌아서 가 버렸다.

나는 뛰기 시작했다. 목적지도 없이 마구 달렸다. 속에서 울분이 치솟았다. 하늘을 향해 주먹을 날렸다. 아빠가 쏟아부은 캔 커피가 내 입에서 쓴 물이 되어 고이는 듯, 속이 화끈거렸다. 성기완 너 완전 실망이다, 실망이야! 얼마나 그렇게 뛰었을까? 가슴이 터질 것 같아서 머리를 숙여 숨을 삭인 후, 길가 벤치에 앉았다.

핸드폰 가게 앞에 놓인 길다란 공기인형이 흔들흔들거렸다. 그 옆에는 만두가게가 있었다. 하얀 모자를 쓴 아저씨가 솥뚜껑을 열자 하얀 김이 자욱하게 올라왔다. 그 옆에 정육점 냉장고에서 붉은 전구가 빛을 내고 있었고 그 옆 채소 가게에서 아주머니가 바나나를 들고 요리조리 살펴보고 있었다. 그 옆에 치킨 가게, 또 그 옆에 반찬 가게, 우동집, 베이커리… 끝없이 이어지는 가게, 가게들. 참 많은 사람들이 장사를 하고 있구나. 저 사람들은 괜찮을까? 저 사람들은 괜찮은데 아빠 가게만 힘들까? 저 아저씨 아줌마들도 나 같은 아이들이 있겠지? 그 아이들도 나처럼 힘들까? 가슴이 서늘해지면서 시야가 흐릿해졌다.

다시 일어나 비칠비칠 걷다가 길모퉁이 분홍색 간판 앞에 멈췄다. 랄랄라 코인노래방. 잠시 망설이다가 노래방 문을 열고 들어갔다. 입구에 서서 시시티브이를 살핀 후, 재빨리 안쪽에서부터 훑어 나왔다. 룸 열두 개에 현재 손님이 있는 룸이 세 개다. 이렇게 영업을 하는 곳도 있구나, 그렇다면 우리 노래방도 열어 놓으면 될 것 같다는 생각이 번뜩 들었다.

곧장 우리 싱싱 코인노래방을 향해 달렸다. 노래방 문에는 집합금지가 해제됐는데도 아빠가 붙인 종이와 집합금지 명령서가 그대로 붙어 있었다. 종이를 떼어 내는데 아빠가 노래방 기기를 한쪽으로 모으며 하던 말이 생각났다.

"본사에 연락해 보니 에이에스는 된다고 하는데, 우리 부주의로 침수된 것은 수리비를 받는대. 일단 기계가 마를 때까지 기다리는 게 좋겠다고 하니까 기다려 봐야지. 장사 때려 치우고 기계를 판다고 해도, 요즘 노래방 기기는 중고 가게에서도 안 사. 하도 폐업하는 곳이 많아서 쌓아 둘 장소가 없다나. 나중에 영업 다시 하게 되면 서비스를 받아 보든 해야지."

그렇다면 이제 기계가 말랐을 수도 있겠다. 노래방 문을 열고 불을 켰다. 갇혀 있던 꿉꿉한 공기가 밀려 나왔다. 노래방 기계들은 에어컨 밑에서 나란히 침묵하고 있었다. 기계 하나를 끙끙대며 앞쪽으로 들어다 놓고 살펴보았다. 코드를 꽂아 볼까? 아니야, 그랬다가 큰일이 날 수도 있어. 꽂아, 말아? 한참을 망설이다가 기기에 붙어 있는 전화번호로 전화를 했다.

"거기 싱싱 코인노래방 본사죠? 노래방 기계가 물에 잠겼는데 서비스 받을 수 있나요?"

전화를 받는 직원이 내 목소리가 의심스러운지 꼬치꼬치 신상을 캐물었다.

"아, 맞다니까요. 우리 아빠가 사장인데 지금 배달 알바 중이라 제가 한다고요."

내가 신경질을 내며 목소리를 높이자, 저쪽에서도 성질을 냈다. 하여튼 애들이 하는 말을 쉽게 믿어 주는 어른이 없는 게 문제다. 어쨌거나 본사 에이에스 팀과 시간 약속을 정했다. 에어컨 제습 기능을 켜 놓고, 피시방에서 드라이기를 가져와 기계 속을 말렸다. 드라이어가 과열되어서 작동이 멈출 때까지.

"제발, 제발 아무 탈 없이 돌아가라."

노래방 기계를 안고 쓰다듬으며 간절히 부탁했다.

내친김에 2층으로 올라갔다.

코로나로 인해 당분간 영업을 쉽니다

문에 붙은 종이를 뜯고 들어가 불을 켰다. 어둠 속에 갇혀 있던 피시방이 판타지아처럼 환하고 찬란하게 제 모습을 드러냈다. 멋지게 변신한 꿈의 피시방이다. 깨끗한 휴게실과 프리미엄급 붉은 좌석, 작지만 깨끗한 카페토랑에는 커피머신과 에어프라이어 등 조리 기구가 반짝거렸다. 노래방의 변신을 지켜보며 얼마나 뿌듯해했는데 제대로 오픈도 못 해 보고 집합금지 명령부터 받다니⋯. 참 씁쓰레하다. 에어컨 리모컨을 누르려다가, 아빠한테 먼저 전화를 했다.

"아빠, 바빠?"

"어, 지금 쫌 바빠. 급한 거 아니면 나중에 통화하자."

"잠깐, 아빠 나 피시방 문 열 거야."

"뭐, 네가? 어떻게?"

아빠가 놀란 목소리로 물었다. 나는 짐짓 밝은 목소리로 자신감을 내비쳤다.

"할 수 있어. 내가 노래방 짬밥이 얼만데. 그리고 다 자동결제라 손님이랑 마주칠 일도 별로 없잖아. 수시로 청소만 좀 해 주면 될 것 같은데."

"모르겠다. 전기세라도 나오려는지."

아빠의 확신 없는 목소리가 깊은 한숨에 실려 왔다. 나는 재빨리 농담으로 받아쳤다.

"아빠, 장사 잘 되면 최저시급은 빼 간다, 큭큭."

"크, 일마 확실하네. 그래 네가 알아서 해."

일단 사장님한테 허락은 받았다. 그런데 정말 나 혼자 할 수 있을까? 마음 한구석에서 걱정이 슬금슬금 번졌다. 이렇게 큰소리 쳤는데 손님이 안 오면 어떡하지? 또 집합금지 명령이 내려오면 어떡하지? 손님 없어서 전기세도 안 나오면 큰일인데… 후회가 거머리처럼 머릿속을 파고들었다. 그러다 다시 마음을 다잡고 리모컨을 눌렀다. 왱, 에어컨이 돌아갔다. 이제 걱정, 후회 끝. 장사를 하려면 배짱이 두둑해야지.

서둘러 전기밥솥에 쌀을 안친 후, 식기들을 닦아서 정리했다. 바닥도 쓱쓱 닦고 피시와 탁자도 닦았다. 화장실과 계단까지 깨끗이 쓸고 닦았다. 밥을 용기에 담아서 냉동실에 넣고 라면도 나란히 징리해 놓았다. 구석구석 쭉 둘러보니 완벽했다. 그래, 손님이 오기 전에 배부터 채우자. 오늘은 이 멋진 카페토랑에서 즉석 카구리다. 얼큰 라면에 뜨거운 물을 붓고 카레 가루를 듬뿍 넣었다. 아, 이토록 치명적인 맛이라니!

자, 이제 완벽하게 손님 맞을 준비가 됐다. 손님이여 어서 오시라! 그동안 아빠가 성실하고 친절하게 챙긴 단골들이여 어서 어서 오시라. 어려울 때 제발, 서로 돕고 삽시다요!

하지만 몇 시간째 손님이 코빼기도 보이지 않았다. 왜 아무도 안 오고 지랄이야. 화가 났다. 단골손님에 대한 배신감이 들었다. 죽일 놈의 코로나와 지구 온난화가 다 쳐 죽이고 싶도록 원망스러웠다. 섣불리 문을 여는 게 아니었는데, 후회와 자책으로 가슴을 쳤다. 앉아서 기다렸다. 서서 기다렸다. 문을 열고 계단을 내려다보았다. 창문으로 지나가는 사람들을 멍청하게 내려다보았다. 체력이 점점 떨어졌다. 에너지는 바닥을 찍었다. 이렇게 하루를 날려야 한다니 미칠 것만 같았다.

제발, 한 명이라도, 단 한 명이라도 오셔라! 간절한 마음으로 중얼중얼 기도하는데, 따랑, 문이 열렸다. 앗싸, 기도발이 먹혔다.

"어서 오십시오."

벌떡 일어나 폴더 인사를 했다. 대학생으로 보이는 형님이 모자를 푹 눌러쓰고 납시었다.

"어, 여기 바뀌었네. 사장님도 바뀌었니?"

"아니요, 리모델링만 했습니다. 사장님은 우리 아빠고요."

손님, 아니 고객님이 고개를 끄덕이며 자리에 가 앉았다. 이어서 탁탁, 발소리가 들리더니 아까 그 형님의 여친인 듯한 누나가 긴 머리를 손등으로 쓸어 올리며 들어왔다. 갑자기 풍선처럼 마음이 붕, 떠올랐다. 이렇게 자꾸자꾸 손님이여 오소서, 나는 다시 두 손을 모으며 속으로 외쳤다. 간절한 내 기도가 통했는지 영업 제한 시간 9시까지 아홉 명의 고객이 다녀갔다.

16

바람이 쌀쌀했다. 불빛 사이로 보이는 가로수 이파리도 벌써 서걱 서걱 말라 가는 듯했다. 오후 9시, 나라에서 정한 시간에 영업을 마치고 집으로 돌아오는데 어깨와 다리가 무너질 듯 아팠다. 힘없이 현관문을 열고 들어서니 엄마의 잔소리가 쏟아졌다.

"어딜 쏘다니다가 이제 들어오니? 아빠가 늦으면 너라도 좀 일찍 일찍 다녀. 그렇게 돌아다니다가 코로나라도 걸리면 어떡하려고 그래. 뭘 그렇게 서 있어. 빨리 씻고, 밥 차려 놨으니까 먹어."

엄마 옆에 앉아서 텔레비전을 보고 있던 누나도 나를 보고 입을 삐죽댔다. 아, 진짜, 일하고 왔다고, 알지도 못하면서, 라는 말이 목구멍까지 올라왔지만 참았다. 대충 씻고 나와서 식탁에 앉았다. 된장국을 한 술 뜨는데, 나도 모르게 길가에 서서 산가 김밥을 흡입하던 아빠가 떠올랐다. 그리고 가게에서 손님을 기다리며 마음 졸이고 애태웠던 초라한 내 모습도. 괜히 목이 메면서 눈물이 핑 돌았다. 눈에 힘을 줘 봤지만 나도 모르게 물방울이 투둑, 흘러내렸다.

"야, 너 울어? 정말 우는 거야? 엄마, 얘 울어."

정수기에서 물을 받던 누나가 훌쩍이는 나를 본 모양이다.

"왜? 왜 그래? 기완아, 무슨 일 있어?"

엄마가 달려와서 내 팔을 들어 올리며 물었다. 그때, 폭포수가 터지듯 눈물이 흘러내렸다. 숟가락을 든 채, 콧물까지 질질 흘리며 꺽꺽댔다.

"아들, 아들 대체 무슨 일이야. 엄마한테 말 좀 해 봐, 응?"

엄마가 내 목을 끌어안았다. 나는 엄마 손을 뿌리쳤다.

"야, 너 바보야? 말을 해, 무슨 일인지. 말을 해야 알잖아."

누나가 면박을 주며 짜증을 냈다. 나는 숟가락을 던지며 벌떡 일어나 소리쳤다.

"좀, 도와줘. 도와 달라고!"

입에 물었던 밥풀이 사방으로 튀었다.

"뭘, 뭘 도와줄까? 아들, 말해 봐."

엄마가 눈이 휘둥그레져서 내 양 손목을 붙잡았다.

"씨이, 씨이~~."

나는 복받쳐 오르는 서러움 때문에 말을 잇지 못했다.

"누구한테 얻어터졌니? 학폭이야?"

누나가 성의 없이 툭툭 던지는 말이 더 서러웠다.

"엉엉…"

한번 터진 눈물은 내 의지와 상관없이 자꾸만 흘러내렸다. 매달리는 엄마를 밀어내고 침대에 엎어졌다. 걷잡을 수 없이 눈물이 쏟아졌다. 내 눈물 속에 아빠의 소리 없는 눈물이 겹쳤다. 벌게진 눈동자도 떠올랐다. 이놈의 코로나, 개떡 같은 세상을 저주하며 울었다. 울다 지쳐 까무룩 잠이 들었는데 잠결에 내 등을 가만가만 쓰다듬는 엄마의 손길이 느껴졌다. 모른 척 돌아눕는데, 고여 있던 눈물이 귓가로 축축하게 흘러내렸다.

다음 날, 부석부석한 눈을 비비고 일어나니 아빠는 벌써 일하러 가고 없었다. 나는 본사 에이에스 팀과 한 약속시간에 늦을 것 같아서 아침도 못 먹고 나왔다. 엄마가 안방에서 뛰어나오며 불렀지만 그대로 엘리베이터를 탔다.

기사들은 대형 제습기를 가지고 와서 노래방 기계를 하나씩 옮겨 놓고 습기를 제거했다. 제습기 성능이 얼마나 센지, 지하의 꿉꿉했던 공기를 다 빨아들이는 듯했다.

"문제는 습기다. 지하라서 습기가 쉽게 안 빠져나가네. 우선 기계가 바짝 마를 때까지는 절대 만지거나 전기 코드 꽂으면 안 돼. 에어컨 제습 기능 계속 켜 놓고. 내일 한번 더 말려 보고 완전히 습기가 제거되면 괜찮아질 가능성도 있긴 한데…. 어쨌든 내일 와서 또 한번 해 보자."

기사들의 긍정적인 말에 힘이 났다. 제발 문제 없이 기계가 잘 작동되면 좋겠다. 에어컨을 켜 놓고 피시방으로 올라왔다. 어제처럼 오늘도 부딪쳐 보는 거다. 부지런히 정리정돈을 하면서 손님을 기다렸다. 일하다가 잠깐 들른 아빠가 조용한 눈빛으로 내 어깨를 어루만지며 말했다.

"아들, 힘들면 문 닫아."

나는 씨익, 웃음을 날리며 아빠 목소리를 흉내 냈다.

"장사를 하려면 배짱이 있어야지, 흐. 문 닫아 놓으면 가게 쫑났다고 아무도 안 와. 내가 블로그랑 인스타에도 홍보하고 있으니까 좀 기다려 봐."

"그런가? 그런데 너 인마, 언제부터 이렇게 배짱이 두둑해졌어? 아빠 없이 혼자 장사할 생각을 다 하고."

"치, 나 무시하지 마. 아빠 땜에 사업가 멘탈 지대로 장착한 몸이라고."

"좋아, 이것도 좋은 경험이니 한번 해 봐. 오늘부터 성기완을 레인보우 피시방, 총 매니저로 임명한다. 땅땅땅!"

아빠가 손바닥을 주먹으로 치며 흐뭇한 표정을 지었다. 그래, 나는 총 매니저다. 매니저답게 가슴을 펴고 당당하게 부딪쳐 보자. 아빠가 가고 부지런히 영업 준비를 하는데, 첫 손님이 들어왔다.

"서어엉, 기왕."

뭐야, 첫 손님이 김태민이라니!

"죽는다!"

내가 주먹을 들어 올리자 녀석이 턱을 쳐들고 눈을 부라렸다.

"뗴끼, 감히 고객한테 주먹질을 하다니. 나 오늘부터 줌 수업, 레인보우 피시방에서 하기로 했다."

"어쭈, 돈 쓸 줄 안다, 너."

"울 마미가 속죄하는 의미로 너희 가게에 가라고 했거든. 백퍼 내 용돈으로만."

하, 이 녀석, 보은이 뭔지 알긴 아는군. 기분이 막 좋아지는데 지연이가 생긋 웃으며 들어왔다.

"이제 레인보우가 아시트라고? 괜찮다. 완전 좋아, 레인보우 피시방."

호들갑을 떨며 의자에 가방을 걸치는 지연이를 보면서 어리둥절해 있는데, 애들 다섯이 우르르 들어왔다. 그리고 그 뒤를 이어 들어오는 두 명의 아이. 아는 얼굴들이다. 우리 반과 지연이네 반 아이들.

"어서 오십시오."

나는 어색함을 감추려고 일부러 목소리를 높이고 장난스레 허리

125

를 굽혔다.

"야, 짱 좋다. 우리 동네 이런 피방이 있었어?"

"내가 끝내준다 했잖아."

태민이가 상기된 얼굴로 아이들을 휘 둘러보았다. 녀석이 아이들을 몰고 왔나? 아니면 지연이가 태민이를 꼬드겼나? 궁금증을 이기지 못해 입술을 깨무는데 또 한 녀석이 헐레벌떡 들어왔다. 하긴, 어떻게 왔건 뭔 상관이람. 나는 작은 불씨에 입김을 불듯 하아, 숨을 내뱉었다.

17

에이에스 기사들은 사흘 내내 제습 작업을 하러 왔다. 오늘도 기사 두 사람이 왔다. 다시 기계 제습을 한 후 습도를 재 보더니, 1번 룸으로 기계 한 대를 옮기고 연결 코드를 꽂았다. 제발, 제발…. 마음이 조마조마하고 손바닥에 땀이 났다.

"아, 아. 마이크 테스트, 마이크 테스트."

마이크는 이상 없이 잘 됐다. 리모컨으로 선곡을 한 후, 스타트 버튼을 눌렀다.

꿍짝, 꿍짝, 꿍짜라 쿵짝~~~.

나는 너무 감격스러워 기사 아저씨를 끌어안고 울 뻔했다.

"그래도 이게 새 기계라서 이렇게 되는 거야. 중고 기계가 이렇게 물에 잠겼으면 벌써 갔지."

기사 아저씨 어깨가 한껏 올라갔다. 잠시 틈을 낸 아빠도 안도의 한숨을 내쉬며 자랑을 했다.

"기사님들, 얘가 제 아들입니다. 제 아들이 아빠가 체념한 노래방을 다시 살려 볼 작정인 것 같네요. 우리 아들 좀 멋지지 않나요?"

나는 부끄러워서 얼굴을 붉혔지만 속에서는 뭔가 뿌듯한 게 올라왔다.

"자랑할 만해요. 처음엔 어린 녀석이 맹랑하다 싶었는데, 막상 와 보니 열정이 대단해요. 글쎄, 며칠 동안 드라이기로 말렸더라니까요. 사실, 제습기로 뽑아 내도 기계 안 구석구석은 쉽지 않거든요. 그런데 아드님이 열심히 말린 덕분에 일이 쉬워졌어요."

기사들까지 합세하자 내 얼굴은 더 붉어졌다.

"아들, 어때. 그동안 이 아빠의 스파르타식 훈련이 먹힌 것 같지 않냐? 이래도 아빠가 일 시킨다고 또, 뭐라 할래?"

아빠가 내 볼을 톡톡 치며 깨알자찬을 늘어놓았다. 좋아, 아빠의 무지막지한 갑질도 장사만 잘된다면 참아 줄 수 있다. 이 위기를 잘 넘길 수만 있다면!

"그럼 아빠, 나 오늘부터 노래방 문도 연다. 벽에 페인트 들뜬 건 다 긁어 냈고 얼룩진 데는 걸레로 닦으면 돼. 그리고 기계 놓으면 보이지도 않아."

"혼자서 두 개를?"

"문 열어 놓고 앱으로 보면서 틈틈이 내려와 볼게. 한번 해 보고 안 되면 그때 가서 생각해 보지 뭐."

"어, 그래? 그렇다면 성기완을 레인보우 피시방과 싱싱 노래방 총매니저로 임명한다, 땅땅땅."

촌스럽게 매니저 임명을 두 번씩이나. 내가 피식대자 아빠가 내 머리칼을 헝클이며 말했다.

"그래, 혼자서 해 보는 데까지 해 보고 안 되면 그만둬. 진짜, 이 끈질긴 코로나가 언제까지 갈지…. 참, 1층 식당도 폐업하고 시골로 이사 간다더라."

1층 식당이라면?

"뭐, 지연이네가 이사를 간다고? 어디로? 언제?"

가슴이 철렁 내려앉아서 다그치듯 물었다.

"야, 숨 넘어가겠다. 나도 잘은 몰라. 지연이가 말 안 하디? 너, 지연이랑 사귀는 거 아니었어?"

사귀긴, 김칫국만 열심히 마시고 있는데. 나는 급히 계단을 뛰어 올라가며 전화를 했다.

"너희 이사 가?"

"몰라."

"야, 확실히 말해. 가, 안 가?"

"모른다니까, 짜증 나."

지연이가 전화를 딱, 끊었다. 맑고 밝고 상냥하고 친절하던 지연

이가 왜 이러지? 내 뒤를 따라 올라와 오토바이 시동을 걸며 아빠
가 놀렸다.

"우리 아들, 똥줄 탄다, 똥줄 타. 아빠 간다. 수고!"

오토바이는 저만큼 달려갔지만 허둥대느라 인사도 못 했다. 느닷
없이 이 무슨 날벼락 같은 소린가. 지연이가 없으면, 없으면…. 가슴
이 쿵쿵 뛰고 호흡이 빨라졌다. 급한 마음에 지연이네 가게 앞에서
또 전화를 했다. 안 받는다.

카톡, 지연이다.

— 맞아, 우리 이사 가. ㅠㅠ
— 왜
— 망했대

이런 심각한 얘기를 단 세 글자로 끝내다니. 힘이 쭉 빠졌다. 지연
이 너, 진짜 어떻게… 아니다, 이건 지연이가 아니라 지연이 부모님
결정이다. 나는 덜덜 떨리는 가슴을 손으로 누르며 엄마손식당 문
을 두드렸다. 주방에서 일을 하던 아줌마가 고개를 숙여 내다보았
다. 나는 음, 숨을 한번 토한 후, 성마르게 소리쳤다.

"아줌마, 이사 가요?"

"응, 왜?"

아줌마가 의아한 눈길로 물었다.

"왜요? 지금 이사를 가는 게 말이 돼요?"

아줌마가 당황한 눈빛으로 주방에서 나오며 성질을 벌컥 냈다.

"애, 누군 이사 가고 싶어서 가는 줄 아니? 그리고 우리가 이사 가는데 네가 왜?"

평소와 다른 아줌마의 까칠한 목소리에 뒷덜미가 후끈했다. 고개를 꾸벅하고 돌아서려는데 아줌마가 불렀다.

"기완이 너, 여기 와서 좀 앉아 봐. 그렇지 않아도 너한테 해 줄 말이 있었는데."

나는 후끈거리는 뒷덜미를 손으로 만지며 아줌마가 권하는 자리에 앉았다.

"기완아, 어린 너한테 이런 말을 해도 될지 모르겠지만, 요즘 네 아빠, 말이 아니야. 혼자서 끙끙대는 거 보니 너무 안쓰러워. 그러니까 어디서부터 말해 줘야 하나. 음, 네 아빠, 생활비가 없어서 현금 서비스 받아서 돌려막기 한다더라. 월세, 관리비도 못 내고, 은행 대출 이자도 밀려서 너희 집 경매에 넘어갈지도 모른대. 너희 엄마 걱정할까 봐 말도 못 하고 혼자서 끙끙대는 것 보니 딱해서 그래. 네 엄마나 식구들이 알 건 알아야 하지 않겠니?"

아줌마가 웬 오지랖이에요, 자존심 상하게, 하는 말이 목구멍에 걸렸지만 궁금함을 참지 못하고 물었다.

"현금 서비스가 뭐예요? 집이 경매에 넘어간다는 건 또 뭐고요?"

"음, 현금 서비스는 카드에서 돈을 빼서 빌려 쓰는 거라고 보면 돼. 그 돈으로 또 다른 카드로 쓴 것 돌려 막고, 그러다가 못 갚으면 신용-불량자가 되는 거야. 그리고 너희 아파트 살 때 은행에서 돈을 빌렸는데 그 돈 못 갚으면 은행에서 너희 집, 강제로 팔아서 그 돈을 가져가는 거야. 그러니까 내 말은 너희 아빠가 엄마를 아끼는 것도 좋지만 집안 돌아가는 사정은 알아야 하잖아. 내 코도 석잔데 남의 집 일에 배 놔라 감 놔라, 해서 미안하지만 옆에서 보니 너무 딱해서 그런다. 오해하지 말고, 너라도 네 엄마한테 귀띔 좀 해. 어제 저녁에 너희 아빠가 우리 집에 와서 목이 메는 걸 보니, 정말 마음 아파서…"

아줌마의 표정에서 진심이 느껴졌다. 내 불퉁했던 목소리가 쪼그라들었다.

"근데요, 아줌마네는 왜 이사 가는데요?"

아줌마가 길게 한숨을 내쉰 후, 말했다.

"기완아, 아줌마도 이사 가는 거 싫어. 그런데 어쩔 수 없어서 가는 거야. 우리도 코로나 때문에 망했어. 이렇게 마냥 기다리다가는 모아 둔 것도 다 털어먹을 것 같아서…"

"지연이는요?"

"지연이도 전학 가야지."

아줌마가 마른 입술을 축이며 또 한숨을 길게 쉬었다.

"안 가시면 안 돼요?"

"…"

물끄러미 나를 바라보는 아줌마의 두 눈이 슬픔으로 젖어들었다. 더 보고 있기가 민망하고 마음이 답답해서 슬그머니 문을 열고 나왔다. 우리 집도 망하고 지연이네도 망하고, 다 망했다. 죽일 놈의 코로나 때문에.

지하로 내려가는 발걸음이 천근만근이다. 아, 어떡해야 하나? 피시방으로 올라갔다. 내려가도 올라가도 일이 손에 잡히지 않았다. 나도 모르게 후다닥, 밖으로 뛰쳐나와 집으로 향했다.

현관문을 벌컥 열고 뛰어들어 갔다. 문 여는 소리에, 손톱에 매니큐어를 칠하고 있던 엄마가 놀라서 쳐다봤다.

"엄마, 우리 집 망했대. 아빠도 망하고 집도 날아가고."

"그게 무슨 소리야? 망하긴 누가 망해?"

엄마가 손가락을 쫙 편 채, 벌떡 일어섰다. 누나가 젖은 머리를 닦으며 눈이 동그래져서 나왔다.

"망했다고, 다. 지연이네도 망해서 이사 가고."

지연이네 이야길 하는데 눈물이 펑, 쏟아졌다.

"야, 얘길 하려면 제대로 해. 징징거리지 말고. 짜증 나게."

133

누나가 머리를 쳐들며 거칠게 소리치자 엄마가 누나를 제지하며
다가왔다.

"가만있어 봐. 기완아, 지연이네가 망했다고?"

"응, 지연이네가…. 우리 집도. 우리 집 은행에서 가져가고 아빠
현금 서비스로 돌려막기 해서 신용불량자 된다고!"

내친김에 숨도 안 쉬고 소리쳤다.

"기완아, 엄마는 무슨 말인지 모르겠다. 여기 들어와 앉아서 찬찬
히 말 좀 해 봐, 응?"

엄마가 내 팔을 잡아당겼다. 나는 몸을 비틀며 목에서 올라오는
말을 그대로 뿜어냈다.

"나 지금 가게 문 열어 놓고 왔어. 그니까 엄마하고, 누나, 이제부
터 가게 나와. 엄마는 노래방 맡고 누나는 피시방 맡아. 집이 망했
는데 언제까지 맘 편하게 집에만 있을 거야!"

나는 엄마와 누나를 번갈아 보며 울부짖었다.

"야, 네가 뭔데 이래라 저래라야!"

누나가 지지 않고 눈썹을 치켜 올리며 소리쳤다.

"내가 뭐냐고? 씨이… 나는 아빠 도우려고 얼마나… 씨, 내가 얼
마나 노래방, 피시방 문 열려고… 나 혼자 못 한다고. 가족이 뭐야?
아빠는, 아빠는 길에서 삼각 김밥 먹으면서 오토바이 타는데…. 알
긴 아냐고!"

왜 바보처럼 말이 뒤죽박죽 엉키는지 모르겠다.

"그래서 어떻게, 엄마가 가게에 나가면 돼?"

엄마가 달래듯이 물었다.

"나와. 누나도 나오고!"

내가 악을 써 대도 누나는 나를 노려보며 화를 냈다.

"싫어, 난 창피해서 못 나가. 어떻게 나가?"

"그럼, 누나는 이 집에서 나가. 우리 빚쟁이야. 지금 누나가 먹고 쓰는 거, 다 아빠가 빚낸 거야. 알아?"

"미쳤어, 정말. 야, 말이 되는 소릴 해."

누나의 코웃음에 나는 더 화가 치솟았다.

"왜 말이 안 되는데. 이 집도 은행에서 가져갈 거야. 경매 들어온대. 알아?"

"놀라, 그딴 거 모른다고!"

누나가 두 손으로 얼굴을 가리고 엉엉 울었다. 나는 이를 악물고 한 번 더 쐐기를 박았다.

"그럼, 아무것도 하지 말고 나가서 노숙자로 살아. 우린 이제 집도 없고 가게도 없고 거지 신세 될 거야. 망했다고!"

내가 내지른 말에 엄마는 얼굴이 하얘져서 그 자리에 풀썩 주저앉았다. 넋 나간 엄마 얼굴을 내려다보니, 그제야 정신이 돌아오면서 덜컥 겁이 났다. 내가 지금 무슨 짓을 한 거지? 엄마한테, 누나한테 이래도 되는 거야? 나는 뭘, 어떻게 해야 할지 몰라 현관문을 열고 뛰쳐나왔다. 고구마를 백 개 먹은 것같이 가슴이 꽉 막혀서 미칠 것 같았다.

18

불난 집에 부채질을 해라.

그렇지 않아도 화가 나서 미치겠는데, 지연이와 태민이 녀석이 나란히 붙어 서 있다. 서로 마주 보고 웃으면서. 지연이가 녀석의 등을 손으로 토닥거려 주고, 녀석이 지연이 손등을 살짝 치며 장난까지 한다. 내가 노려보는 줄도 모르고.

"야, 너희들 뭐야?"

"왜? 뭘?"

내 소리에 지연이가 놀라 쳐다봤다.

"왜 같이 있냐고. 그리고 왜 이사 가는데!"

내가 핏대를 올리며 악을 쓰자, 둘이서 민망한 눈길로 무춤하게 쳐다보았다. 그럼, 그렇지. 이 자식, 지연이한테 작업 설 술 알았다. 여기 온 것도 지연이한테 잘 보이려고 일부러 온 거야. 나쁜 자식,

도저히 용서할 수 없다. 머릿속에 토네이도가 일어났다. 주먹에 힘이 들어갔다. 한 발 다가가는데, 태민이가 나를 보고 계면쩍은 얼굴로 피식, 웃었다. 진짜, 이 나쁜 자식이!

"야, 성기완. 아니, 총 매니저님. 고객한테 예의 좀 갖추지."

지연이 말에 녀석도 냉큼 거들었다.

"맞아, 우리 고객 아님?"

"필요 없어. 다 나가."

내가 눈을 치켜뜨며 손으로 문을 가리키자 지연이의 야무진 주먹이 날아왔다.

"야, 넌 알지도 못하면서 왜 그래. 이것 봐. 우린 지금 신나서 이러고 있는데."

지연이가 프린트된 종이 한 장을 들어서 내 코앞에 바짝 들이댔다.

"이거 태민이 아이디어야. 친구들이 얼마나 널 생각하는지 좀 보라고."

레인보우 피시방 확, 바뀌었습니다.

그토록 기다려 온 최첨단 피시방!

랙은 꺼져라.

스마트 체어와 최고 사양 피시

신개념 카페토랑

차별화된 서비스로 고객님을 친절히 모시겠습니다.

"이거 프린트하고 있었다고, 됐냐?"

갑자기 입이 딱 붙었다. 태민이 빙긋 웃으며 내 코앞에 얼굴을 들이댔다.

"설마 감동한 거임? 아, 배고프다. 그럼, 카구리 하나, 흐흐."

엄살을 떠는 녀석의 배에 주먹을 한 대 꽂아 주며 무안함을 감췄다. 녀석이 배를 움켜쥐고 죽는 시늉을 하며 카페토랑 문을 열고 들어갔다.

"일단, 태민이하고 저기, 건널목에서 오늘 한번 돌려 보고 효과 있음 내일은 저 밑, 시장 입구에서도 돌리려고. 호호."

말문이 막힌 나는 그저 머리통만 긁적거렸다. 지연이가 내 볼을 잡아당기며 깔깔댔다.

"아고, 성기완. 인상 좀 펴라. 어쨌든 여기 첨단 피시방이 있다고 알려야 되잖아. 알아야 사람들이 오지."

결국, 나는 고맙다는 말도 못 했다. 카구리를 먹고 나온 태민이와 지연이가 진단지를 안고 나서자 겨우 한마디 했다.

"야, 이리 줘. 내가 할게."

"야, 넌 가게 봐야지. 총 매니저가 나가면 어떡해?"

지연이가 새침하게 눈을 흘기고 나갔다. 도무지 둘 사이에 끼어들 수 없을 것 같았다. 두 녀석이 이미 짜 놓은 시나리오라서. 나쁜 녀석들, 미리 얘기라도 해 주지. 어떻게 사람 입을 이렇게 딱풀처럼 딱, 붙여 버리냐! 그런데 지연이 쟨, 이사는 언제 간다는 거야? 이사 간다는 애가 무슨 전단지를 돌린다고!

나는 창문을 열고 몇 번이나 빼꼼빼꼼 밖을 내다보았다. 둘이서 신호등을 마주보고 길 양쪽에 서서 지나가는 사람들에게 전단지를 나눠 주고 있었다. 어떤 사람이 손을 휘저으며 지나가자 지연이 쫓아가서 결국 손에 쥐어 주었다. 저렇게 예쁜 애가 생긋 웃으며 나눠 주는 전단지를 외면하려고 하다니.

벌써 둘이 나간 지 한 시간 반이 지났다. 모든 신경이 두 아이에게 가 있었다. 나는 태민이가 데려온 아이들과 새로 들어온 몇몇 손님들을 살피면서도 계속 창문을 내다보았다.

"아, 전단지 알바, 짤렸다."

방금까지 둘이서 신나게 전단지를 나눠 주고 있는 걸 봤는데 애들이 손을 탈탈 털며 빈손으로 들어왔다. 내가 의아한 눈길로 고개를 갸웃거리자 지연이가 내 팔을 끌고 창가로 갔다.

"봐 봐, 저기."

아, 엄마였다. 아니 누나도 있었다.

"너희 엄마하고 누나가 우리가 돌리는 전단지를 달라고 하더라. 너희들도 시간 없을 텐데, 가서 공부하라고. 괜찮다고 해도 자꾸 달래. 근데, 너희 누나 대학생 되더니 더 예뻐졌어. 마스크에 모자까지 눌러썼지만 긴 속눈썹에 쌍겹 싹, 무슨 연예인 눈 같아. 진짜 예뻐."

지연이가 부러움의 멘트를 뭐라고 더 날렸지만 귀에 하나도 안 들어왔다. 내 놀란 두 눈이 줄곧 한곳에 고정되어 있었기 때문에.

엄마는 전단지를 나눠 주며 공손하게 고개를 숙였다. 모자를 푹 눌러쓴 누나는 소심하게 전단지를 내밀었다. 그 모습에 속이 울컥대더니 눈물이 핑 돌았다. 나 왜 이렇게 울보가 되어 가니, 애들도 있는데 쪽 팔리게.

아차, 앱을 깜빡했다. 급히 핸드폰을 보니 노래방에도 손님이 한 팀 와 있다. 얼른 계단을 뛰어 내려갔다. 몇 달 만의 손님이다. 너무 반가워서 가슴이 떨렸다. 방해가 되지 않도록 살금살금 살핀 후, 다시 2층으로 뛰었다. 가슴이 마구 두방망이질을 해 댔다. 다시 헉헉대며 지하로 내려갔다. 위아래를 메뚜기처럼 얼마나 뛰어다녔는지 종아리가 뻐근했다.

"야, 뭐 하던 돼?"

앗, 계단에서 올라오던 누나와 딱 마주쳤다. 얼굴이 잔뜩 일그러진 누나를 보니 미안한 마음이 들었다. 아니다, 나는 총 매니저다. 총 매니저답게 무게를 잡고.

"나 지하 내려가니까 위에 올라가서 카페토랑 좀 정리해. 손님들 먹은 것 좀 치우고."

누나 눈꼬리가 저항을 표시했지만, 마음을 다잡고 냉정하게 지시를 내린 후 계단을 뛰어 내려갔다. 노래방에 엄마가 와 있었다. 엄마는 마른 걸레로 노래방 유리창을 닦고 있었다.

"아유, 총 매니저님. 수고하십니다. 제가 무얼 하면 될까요. 시켜만 주세요."

엄마가 설핏, 눈웃음을 보내며 공손히 나를 반겼다.

"잘하고 있네 뭐."

내가 픽, 웃자 엄마가 나를 덥석 안았다.

"아고, 우리 아들!"

엄마 목이 메는데, 아빠 전화다.

"아들, 엄마하고 누나 다 나왔다며? 야, 이건 너무하잖아. 어떻게 엄마하고 누나를…."

"아, 됐어. 끊어."

아, 철없는 우리 아빠. 여존남비보다 더 중요한 게 무언지 아직도 잘 모르나 보다. 우선 살아야 한다. 엄마 말처럼 살아 내다 보면 또 살아날 테니까.

"야, 빨리 올라와 봐. 여기 손님이 얼큰 라면 찾는데 없잖아."

누나의 호출이다. 핸드폰을 통해 들려오는 짜증 섞인 목소리가 웬일인지 거슬리지 않고 귀엽게 느껴졌다.

"알았어. 지금 올라갈게. 잠만 기다리라 그래."

문을 열고 나가는데 노래방에 손님이 들어왔다. 당황한 엄마가 내 뒤통수에 대고 외쳤다.

"아들아, 아니, 매니저님, 손님이 왔는데 그냥 가면 어떡해…"

어머니, 걱정 붙들어 매세요. 손님이 다 알아서 합니다요, 최첨단 코인노래방이니까.

바깥에서 오토바이 소리가 났다.

아빠구나, 이제 난 죽었다!

후다닥, 피시방으로 뛰어 올라갔다. 얼큰 라면을 찾아서 채워 놓고 가슴을 폈다. 사장님이 임명한 총 매니저로서의 위엄을 지키기 위해. 아니, 더 물러설 곳 없는 싱싱 코인노래방과 레인보우 피시방을 지키기 위해! 닥, 닥, 계단을 올라오는 아빠 발사국 소리를 들으며 나는 용감하게 문을 열었다.

19

내일이면 지연이네가 이사를 간다. 지연이네 가게 간판도 내려졌고 가게 물품들도 싹 정리됐다. 나는 엄마와 누나에게 가게를 맡기고 지연이와 종점 투어를 하기로 했다.

"오늘도 소원 빌 거야?"

"당연, 오늘은 진지하게 잘 빌어 봐."

지연이 내 옆구리를 쿡 찔렀다. 버스 뒷자리에 앉아서 내가 손을 내밀자 지연이 빙긋 웃으며 내 손을 잡았다. 나는 두 손으로 지연이 손을 모아잡고 가만히 쓰다듬었다.

"너, 진짜 손 많이 컸다. 유치원 다닐 때, 요만했는데."

내가 손바닥을 엄지와 검지로 재었더니 지연이가 내 손등을 탁 때렸다.

"너도 작았잖아. 진짜 우리 많이 컸다. 기완아, 너 이제 나 없어도

144

울지 마라. 유치원 다닐 때 삑 하면 울었잖아. 그거 생각나? 네가 울면 장미반 선생님이 나한테 너 달래라고 한 거. 진짜, 너무했어. 나도 애긴데, 안 그래?"

기억난다. 지연이가 눈물도 닦아 주고 코도 흥, 하라고 한 거.

"고오맙다. 얼마나 고생이 많았냐? 보은의 의미로 오늘은 내가 치킨 쏜다. 양념 반, 후라이드 반, 콜?"

"콜. 참 너, 방학 되면 놀러와. 우리 집에서 조금만 나가면 바다야. 나 바다 좋아하는데 이제 실컷 보게 생겼다. 거기 가서 아빠 엄마는 큰아빠가 하는 김 공장에 다닌대. 아, 그리고 아빠가 그러는데 코로나 끝나고 괜찮아지면 우리 서울로 다시 올 수도 있대. 우리 엄마 꿈이 나 인 서울 하는 거잖아. 나 혼자는 못 보낸다고 따라올 거래."

제발, 제발 그날이 빨리 오면 좋겠다. 맘속으로 급히 오늘 빌 소원 한 가지를 정했다.

치킨 집에 도착해 치킨을 먹는데 이상하게 손이 가지 않았다.

"야, 더 먹어. 우리 치킨을 남긴 적이 있었나? 이런 일 한 번도 없었는데."

꽤 많이 남은 치킨을 가리키며 지연이 웃었지만, 나는 웃음이 나오지 않았다. 치킨 집에서 나와 소원 마위까지 천천히 걸었다. 나는 오늘 빌 소원을 속으로 되뇌었다. 빨리 이 코로나가 끝나서 지연이네가 금방 다시 이사 오게 해 주세요. 하늘을 올려다보며 부탁도 잊지 않았다. 딱 한 가지 소원이니까 치사하게 외면하지 말아 달라고.

소원 바위로 올라가는데 벌써 울긋불긋 단풍이 들었다. 지연이가 빨간 단풍잎을 손바닥에 올려서 내게 보여 주었다. 뽀얀 손바닥 위에 놓인 빨간 단풍잎, 참 예쁘다. 소원 바위 앞에 도착했다. 지연이가 먼저 손을 모았다. 나도 지연이를 따라 눈을 감았다.

"소원 빌었어?"

"응."

"무슨 소원?"

"너는?"

"음, 난… 히잇, 내 친구 성기완이 울지 않게 해 주세요."

지연이 말에 콧등이 시큰했다. 지연이가 내 손을 잡았다.

"이제 내려가자."

우리만의 이벤트, 종점 투어. 참 많이 웃었고, 많은 이야기를 했다. 다시 이 길을 같이 걷는 날이 온다면 예전처럼 그렇게 많이 웃고 많은 이야기를 나눌 수 있을까? 사람이 살아간다는 것, 그리고 시간이 가고 나이를 먹는다는 게, 참 무서운 일 같다. 인제나 그 자리에 머물러 있을 것 같던 것들이 멀어지고 사라질 수도 있으니까. 그것을 내 힘으로 막을 수 없다는 게 안타깝고, 처음으로 내게서

멀어지는 게 하필, 내 친구 오지연이라서 더 슬펐다. 넌, 내 십여 년 인생에서 늘 주인공이었어. 지연아, 고마워. 기쁠 때나 슬플 때나 함께해 줘서.

"야, 말 좀 해 봐."

"네가 해 봐."

지연이가 잡은 손을 흔들며 어색하게 웃었다.

그래, 지연아. 나는 시시덕거리고 넌, 깔깔대고. 내 배에 야무진 주먹도 찔러 넣고. 뭐 그냥 그렇게 우리 웃으며 시간을 보내자, 말하고 싶지만 그게 맘대로 되질 않는다.

지연이가 멈춰 서서 나를 빤히 올려다보며 말했다.

"야, 오늘이 세상 끝나는 날도 아니고…. 성기완, 얼굴 좀 풀어라. 이마에 굳은 살 배겠다."

지연이가 돌아서서 산꼭대기를 가리켰다.

"기완아, 우리 다음에 올 땐, 저 산꼭대기까지 가 보자. 꼭대기는 하늘하고 가까우니까 저 위에서 소원 빌면 하나님이 더 빨리 들어주실 것 같아."

내가 고개를 끄덕이자 지연이가 새끼손가락을 내밀었다.

"약속!"

"그래, 약속."

산을 내려온 우리는 다시 버스를 탔고, 홍대 역에서 내렸다. 그냥,

그렇게 특별하지 않게, 홍대 거리를 누비며 지연이 머리핀도 사고 핸드폰 케이스도 바꿨다.

"우리 스티커 사진 찍을래?"

"난, 사진 찍기 싫은데."

"야, 한번 찍어 보자."

마지못해 따라 들어갔다. 지연이가 파란색 가발을 쓰더니 내겐 보라색 가발을 씌웠다.

"히, 재밌다. 자, 하나 둘 셋!"

지연이가 생글생글 웃었다. 그 모습을 보니 나도 기분이 좋아졌다. 스티커 사진이 출력되자 지연이가 내 핸드폰과 자기 핸드폰에 스티커 사진을 붙였다.

"예쁘지? 다음에 볼 때까지 떼지 마. 너 여친 생겨도 떼지 마. 누구냐고 물으면 그냥 아는 애라고, 아니다, 유딩 때부터 친구였다고 해. 알았지?"

"알았어. 너나 남친 생겨도 떼지 마."

아니, 남친 같은 거 만들지 마. 네 남친은 내가 될 테니까, 하는 말은 꿀꺽 삼켰다. 지연이 또, 징그럽다고 할까 봐.

홍제천을 걸었다. 어둠이 물그림자가 되어 내리고 있었다. 뭔가 어색했다. 장난을 치기도 그렇고, 그렇다고 말을 하기도 먹먹했다. 이별, 헤어짐 같은 단어들이 자꾸 떠올라 고개를 저었다. 지연이는 시골에 갔다가 다시 온다. 당연히 오고 말고. 소원도 빌었잖아. 그런데 왜 자꾸 가슴이 싸르르, 아파 오는지 모르겠다. 이럴 줄 알았으면 미리 검색해 보고 연습이라도 하고 나올걸. 어떻게 하면 감정은 싹 빼고 아무렇지 않게 무덤덤할 수 있는지, 여자 사람 친구와 어떤 말로, 어떤 웃음을 지으며 헤어져야 하는지를.

지연이도 생각에 잠긴 듯 말이 없었다. 우리 동네 골목이 이렇게 가팔랐나? 이 가파른 길을 걸어서 우리는 유치원을 다녔고, 초등학교와 중학교를 다녔다. 그런데 이제 이 길을 나 혼자 오르내리겠지. 무심코 길을 걷다가, 이 골목에서 우연히, 지연이를 만나 반가운 적도 참 많았는데.

"기완아, 너희 집은 괜찮아?"

"몰라, 간당간당한 것 같아. 언제 경매로 넘어갈지 모른대."

"그럼, 어떡해? 너희도 이사 가?"

"글쎄, 그렇게 되면 아마도…. 지연아, 난 나중에 커도 장사는 안할 거야. 이렇게 폭망하면 대책이 없어."

"꼭 그러란 법은 없잖아. 우리 엄마 아빠는 장사하는 게 좋대. 빈손으로 서울 올라왔는데 장사해서 시골에 땅도 샀고, 내 공부도 시키고 대학 보낼 준비도 해 놨대. 월급쟁이로 살았으면 할 수 없었을 거라면서. 그러니까 장사한다고 다 망하는 선 아니야. 우리 엄마 아빠는 코로나 잠잠해지면 다시 장사할 거래. 야, 너희 아빠도 지하

149

노래방에서 시작해서 2층 피시방까지 넓힌 능력자 사장님이야. 걱정 마, 코로나만 끝나면 다 잘될 거야. 참, 내일 소상공인들 광화문에 모여서 시위한다던데 너희 아빠도 나가?"

"아빠 알바 땜에 못 가. 누나한테 가게 맡기고 엄마하고 내가 같이 나가 보려고."

"야아~ 성기완, 그런 데도 나가고 총 매니저답네. 넌, 잘할 수 있을 거야, 그럼. 힘내, 친구야."

얜, 끝까지 날 칭찬하고 응원해 주는구나. 지연이랑 있으면 뭔가 더 잘하고 싶어진다. 중요한 사람이 된 것 같고. 그럼 나는 뭘 칭찬해 주지?

"지연아… 톡 자주 해."

이런, 이 중요한 순간에 왜 이렇게 싱거운 말이….

"알았어. 가끔 영상통화로 바다도 보여 줄게. 안녕!"

지연이가 집으로 뛰어가며 손을 흔들었다.

"안녕!"

나는 그 자리에 오래도록 서 있었다. 캄캄한 하늘에 별 하나가 가물가물 빛나고 있었다.